Universale Economica Feltrinelli

# EVA CANTARELLA

# DAMMI MILLE BACI

Veri uomini e vere donne nell'antica Roma

Feltrinelli

Prima edizione in "Varia" aprile 2009
Prima edizione nell'"Universale Economica" febbraio 2011
Seconda edizione agosto 2011

Published by arrangement with
Marco Vigevani Agenzia Letteraria

Stampa Nuovo Istituto Italiano d'Arti Grafiche - BG

ISBN 978-88-07-72234-9

# *Il passato è una terra straniera*

Nel 2007 ho dedicato un libro all'amore nel mondo greco, *L'amore è un dio*. Ora è la volta del mondo romano. Un altro mondo. Un'altra forma di amore? Può darsi. Ma non è in gioco solo l'amore, in questo libro. Si parla di questo, e di tante altre cose: affetti, sessualità, matrimoni, adulteri, crimini passionali... Aspetti importanti della vita individuale, che la grande Storia – concentrata sugli eventi, sui meriti dei nostri antenati e i nostri debiti nei loro confronti – ha cominciato solo da poco a scoprire.

Dei greci, più che la vita privata, la storiografia ha esplorato l'"invenzione" della democrazia, la nascita della storiografia e del teatro, la filosofia... dei romani le imprese belliche, le capacità politiche, le conoscenze tecniche, la costruzione di una raffinata scienza giuridica tuttora alla base dei sistemi di *civil law*, in altre parole della civiltà giuridica di mezzo mondo.

Ma questi elementi della cultura antica, per quanto fondamentali per conoscere i nostri antenati, dicono ben poco di loro come uomini e donne realmente vissuti: quegli uomini e quelle donne ai quali, appunto, è dedicato questo libro. Esseri umani, meno "monumenti" di quanto una retorica che stenta a morire ce li ha troppo spesso presentati; meno solenni (e un po' ridicoli nella loro solennità); meno severi, meno moralisti. Non tutti i romani, fortunatamente, erano come Catone il Censore. Certo, mettere in evidenza alcuni aspetti della loro vita privata può, forse (e spesso lo fa), appannare i racconti delle loro celebri virtù. Ma restituisce loro carne, sangue e sentimenti. Da personaggi li trasforma in persone.

E a questo proposito – i romani come persone – vi è un punto sul quale tengo a porre l'accento: non è affatto vero che erano uguali a noi. Troppo spesso si sente ripetere che nulla è cambiato, nei secoli (o nei millenni), che gli antichi provavano gli stessi sentimenti che proviamo noi, amavano come noi, soffrivano come noi... Non è così. I greci, i romani, tutti gli antichi – ma potremmo dire tutti quelli che sono vissuti nel passato – erano diversi da noi: anche per il modo di provare emozioni e sentimenti. E fortunatamente sono molto diverse dalle nostre anche le norme che regolavano la loro vita privata e sentimentale.

Per quanto riguarda più specificamente i romani, va ricordato – e il libro lo metterà in evidenza – che la loro storia, e quindi la loro diversità, ivi compresa quella dei sentimenti, è interrotta da una linea di cesura segnata dalla nascita e dalla diffusione del cristianesimo. Di certo – come ha giustamente messo in luce a questo proposito un grande storico di Roma, Paul Veyne – alcuni princìpi cristiani (si pensi alla contrapposizione tra corpo e spirito, a quella tra impulsi e ragione, alla valorizzazione della continenza in campo sessuale) erano già presenti nella cultura pagana e ne avevano accompagnato la storia, traducendosi, per una parte della popolazione, in sistema di vita. Ma fu la predicazione cristiana a diffondere queste idee e questi princìpi, sino a farne i criteri ispiratori di un'etica generalizzata.

Rotture, dunque, tra noi e i romani; e trasformazioni anche radicali all'interno del loro mondo. Ma anche alcune continuità, idee e atteggiamenti che testimoniano della "lunga durata" delle mentalità. Fili che attraversano e legano i secoli arrivando sino al presente (o quanto meno ad alcune sacche di questo) e quindi ci aiutano a capirlo.

Questo non deve tuttavia farci cadere nella retorica

dell'"eternità", nel senso della immutabilità dei sentimenti. A ricordarci come e quanto anche questi siano parte della storia, è bene ricordare che, come dice l'incipit di un celebre romanzo, "il passato è una terra straniera: fanno le cose in un altro modo, lì" (Hartley, *L'età incerta*).

Questo libro vorrebbe aiutare a mostrare come i romani "facevano" diversamente anche le cose d'amore.

# PARTE PRIMA

## Tra baci e stupri

1.

# "DAMMI MILLE BACI"

"Dammi mille baci," chiede il poeta Catullo alla sua amatissima Lesbia, "e poi cento, e poi ancora altri mille...": una delle poesie più celebri della letteratura latina. Una storia d'amore, quella tra Catullo e Lesbia, piena di passione, che – dopo uno, due, tre, forse mille tradimenti – si trasforma in disperazione e disprezzo. Una storia che fa pensare a un rapporto vissuto secondo i canoni più tradizionali, per non dire più scontati, dell'amore romantico.

Ma sarebbe sbagliato dedurre da questi versi che i romani fossero romantici. Se Catullo lo fu, in alcuni momenti della sua vita, e certamente in alcune poesie, lo fu a modo suo. O meglio, lo fu nel modo in cui poteva esserlo un romano: come parentesi – non importa quanto lunga, pur sempre una parentesi – all'interno di un rapporto vissuto, di regola, all'insegna di una sessualità prepotente, arrogante, per non dire, come vedremo, addirittura predatoria. E non solo nei confronti del sesso femminile, ma anche quando l'oggetto del desiderio non era, come accadeva spesso, una donna, bensì un ragazzo.

Lesbia, infatti, non è la sola persona amata cui il poeta veronese chiede mille baci. Con toni non meno romantici, ne chiede ben più di mille – e riesce a strapparne quanto meno uno – al giovane, bellissimo e dolce Giuvenzio, di cui fu per un certo periodo innamorato. Salvo poi, come nel caso di Lesbia, rimanere deluso, amareggiato dai suoi tradimenti, e minacciare i rivali di vendette, anche sessuali, tutt'altro che romantiche.

Nel dare inizio alla nostra ricognizione sull'amore a Roma, vediamo dunque di ricostruire queste due storie.

### *"Tu chiedi Lesbia del tuo baciarmi"*

La donna cantata da Catullo come Lesbia si chiamava, in realtà, Clodia. Sorella di Clodio, ex tribuno e capo di una banda che sosteneva con la violenza la politica dei popolari, e in particolare di Cesare, Clodia era molto bella. I suoi occhi erano così splendenti da meritarle l'appellativo di *boopis*, "grandi occhi" (letteralmente "occhi di giovenca", che i greci consideravano un complimento), il soprannome della moglie di Zeus: l'equivalente greco di Giove, la cui moglie, a Roma, si chiamava Giunone.

Sposata a Quinto Cecilio Metello Celere, nel 61 a.C., a trentatré anni, Clodia incontra Catullo, di circa dieci anni più giovane. Nasce una passione che il poeta vive con tutta l'intensità della sua gioventù, a dare un'idea della quale niente di meglio del celebre, già citato carme dei mille baci.

*Vita e amore a noi due Lesbia mia*
*e ogni acida censura di vecchi gettiamo via.*
*Il sole che muore rinascerà*
*ma questa nostra luce fuggitiva*
*una volta abbattuta, dormiremo*
*una totale notte senza fine.*
*Dammi baci cento baci mille baci*
*e ancora baci cento baci mille baci.*

A volte, è Lesbia a chiederli, a voler sapere da Catullo quanti basteranno a saziarlo:

*Tu chiedi Lesbia del tuo baciarmi*
*la misura io fissi che mi colmi.*
*I granelli di sabbia d'Africa...*
*o le stelle che guardano infinite*
*nelle tacite notti i disperati*
*abbracci umani. Tu baciami*
*tanto che gli occhi avidi*
*delle lingue smaniose*
*di farci incanti non contino i tuoi baci:*
*Catullo avrà calmati i suoi deliri.*

Ma alla passione si alternano freddezze, abbandoni, distacchi che a volte sembrano definitivi:

*Oh pazzo, basta! Povero Catullo,*
*quel che è perduto è perduto.*
*I tuoi giorni di paradiso li hai avuti,*
*quando il tuo amore ti diceva vieni*
*tu ti precipitavi.*
*Così amata da te è stata lei*
*come nessuna da nessuno mai...*
*Ora non vuole più.*
*Debole cuore, non devi volere più*
*neanche tu.*

I proponimenti, però, non vengono mantenuti. Pur consapevole di quelli che definisce i crimini di Lesbia, Catullo continua ad amarla:

*Per tua colpa mia Lesbia il mio cuore*
*per frenesia di te così abbrutito*
*così incupito si è che più non posso,*
*fossi tu la migliore delle donne,*
*perfettamente adorarti.*
*Ma qualunque tu crimine compiessi*
*seguiterei ad amarti.*

Non sappiamo in quale sequenza, si susseguono riconciliazioni, giuramenti, speranze. Quel che è certo è che Lesbia, chissà quante volte, dopo aver abbandonato Catullo torna da lui. Catullo la perdona, ma ormai il suo è un amore avvelenato:

*Odio e amo.*
*Come sia non so dire,*
*ma tu mi vedi qui crocifisso*
*al mio odio ed amore.*

E dalla sua croce lancia contro l'infedele le invettive più terribili:

*Si goda a lungo i suoi trecento amanti...*
*E non creda che io come altre volte*
*a lei ritorni più che mai suo...*
*È morto in me l'amore.*

Secondo Catullo, Lesbia è poco più di una prostituta, anzi, molto peggio:

*...Dalle mie braccia volata*
*anche la donna mia*
*lei, amata come nessuna...*
*si fa inculare lì.*

E infierisce:

*Quella Lesbia che ho amato*
*più di me e di chiunque,*
*la trovi agli incroci e nei vicoli:*
*masturba tutta la discendenza*
*del grande padre Remo.*

Questa, alla luce dei suoi carmi, la storia dell'amore di Catullo per Lesbia. Ma per capire meglio il poeta – e i romani della sua epoca – bisogna confrontarla con quella del suo amore per Giuvenzio.

### *"Il miele dei tuoi occhi bacerei"*

Sono infiniti, i baci che Catullo vorrebbe da Giuvenzio:

*Il miele dei tuoi occhi bacerei*
*infinite volte e non sarei*
*mai di baciarti Giuvenzio sazio*
*anche se più che secche spighe spessi*
*fossero i baci che io mietessi.*

Giuvenzio era, probabilmente, un ragazzo di nobile famiglia veronese, come Catullo, mandato dai genitori a Roma e affidato al poeta, che se n'era innamorato. Secondo l'antica etica dei romani, un amore riprovevole. Ma non perché "omosessuale". I romani – esattamente come i greci – non conoscevano né questo concetto, né questo termine: per loro, la virilità non si manifestava solo nel rapporto con le donne, ma ogni qual volta, in un rapporto sessuale, l'uomo assumeva un ruolo attivo; anche nel rapporto con un altro uomo.

Il che non significa che approvassero qualunque rapporto tra uomini: non lo approvavano loro, e non lo approvavano neppure i greci. Questi, infatti, ammettevano e valutavano culturalmente e socialmente solo le relazioni pederastiche, vale a dire quelle tra un uomo adulto e un ragazzo libero, che grazie alla frequentazione con un cittadino imparava a condividere i valori della *polis*. E che, quando sarebbe giunto il momento, sarebbe così stato in grado di trasmetterli, nel ruolo attivo di amante, a un giovane amato.

I romani invece non ammettevano rapporti di questo genere. A Roma i giovani maschi venivano educati al mestiere di cittadino dai genitori: il padre, in primo luogo, che li conduceva con sé quando partecipava alle riunioni politiche, così che ne apprendessero i meccanismi e le regole, e la madre, che coltivava in loro la consapevolezza della grandezza di Roma e l'orgoglio per la loro appartenenza civica.

Inoltre, agli occhi dei romani essere partner passivi in un rapporto sentimentale o sessuale era segno di debolezza, di mancanza di virilità. L'uomo romano, insomma, poteva amare qualcuno del suo sesso, ma solo come amante, mai come amato. Come risolvere il problema? Come trovare un "amato"?

E quando veniva preso dal desiderio di un altro uomo? Ovvio e semplicissimo. La soluzione era a portata di mano: gli schiavi. Anche a questo serviva la schiavitù. Naturalmente, gli schiavi propri. Gli altri non andavano disturbati, distratti e sottratti al loro lavoro: bisognava rispettarli, come qualunque proprietà altrui.

Ciò premesso, torniamo a Catullo e alla sua relazione con Giuvenzio.

Giuvenzio era un ragazzo libero. Come poteva Catullo scrivere così apertamente del suo amore per lui? Poteva farlo perché, nei secoli, i costumi anche sessuali dei romani erano cambiati. Nei primi secoli della città, ai tempi dei *maiores* – gli antenati dei quali i romani celebravano incessantemente le virtù – l'amore di Catullo per Giuvenzio avrebbe infranto ogni regola etica. Ma Catullo visse tra l'87 e il 54 a.C., quando i romani, per ragioni e a seguito di eventi sui quali torneremo, avevano dimenticato le regole antiche e avevano preso a considerare i ragazzi, anche se liberi, persone delle quali ci si poteva innamorare e con le quali si poteva avere, anche apertamente, una relazione.

L'amore di Catullo per Giuvenzio ne è una prova: nelle poesie a lui dedicate, Catullo è dolce, per non dire, a volte, quasi stucchevolmente melenso. Come, ad esempio, quando parla, di nuovo, di baci. Non più sognati, questa volta, ma rubati:

*Tu giocavi dolcissimo Giuvenzio*
*e io un bacio più dolce di ogni miele*
*ma con grave mio rischio ti rubai.*
*Per più di un'ora stetti poi in croce*
*a rifarmi ai tuoi occhi puro*
*cercando con pianti inutili*
*di raddolcire il tuo crudele cuore*
*toccato appena dal bacio mio...*
*Mai più, mai più ti ruberò un bacio.*

Ma non sempre Catullo è così dolce. Quando si accorge che i suoi amici Furio e Aurelio corteggiano Giuvenzio, e che questi non è insensibile alle loro attenzioni, torna a essere un maschio romano, nel senso più tradizionale e genuino del termine:

*Nel culo e nella bocca*
*da me lo prenderete*
*Aurelioboccadacazzi*
*Furio rottonelculo*
*che dalla vostra banda mi credete*
*perché scrivo lascivo e estenuato...*
*Perché a torrenti i baci*
*nei versi miei trovate*
*un maschio-ombra mi ritenete?*
*Nella bocca e nel culo*
*da me lo prenderete.*

È così, con la minaccia iniziale ripetuta nell'ultimo verso, che Catullo riscatta il proprio onore di maschio. Senza neppure bisogno di attuarla. La minaccia, l'aggressione verbale, sono già, di per sé, prova di virilità. Possiamo aggiungere: ieri come oggi? Ha radici antiche, il fenomeno che oggi chiamiamo "machismo".

*Intermezzo*
## *Baci d'amore, baci di controllo, diritto di bacio*

Ci sono tanti modi di baciarsi. C'erano anche a Roma, ovviamente. E i romani, più precisi di noi, usavano parole diverse per indicare i diversi tipi di baci. Tre parole, per l'esattezza: *osculum, savium* e *basium.* Ma per quanto più articolato del nostro, neppure il loro vocabolario era sufficiente a individuare specificamente le numerosissime categorie in cui distinguevano i baci: quello di saluto tra familiari, ad esempio, quello di congedo, quello che ci si scambiava quando ci si incontrava dopo una separazione; e poi, ancora, il bacio funebre, quello di riconciliazione, quello di felicitazione, quello di ringraziamento...
Troppo complesso, il discorso sui baci romani. Accontentiamoci di capire a quali di essi si riferissero i tre termini di cui sopra. *Osculum* e *savium* sono i più antichi e appaiono rispettivamente, di regola, il primo in contesti familiari, il secondo in contesti erotici, spesso riferito a rapporti con prostitute. Ma questa differenza tende a confondersi, fino a sparire progressivamente, mentre si afferma una differenza nell'uso sociale dei due termini: *osculum* è un termine corretto, *savium* è volgare.
Il terzo, *basium,* compare con Catullo: i mille baci che chiede a Lesbia sono *basia,* appunto, e sul loro valore erotico non c'è alcun dubbio. Ma i poeti epici, tragici, lirici ed elegiaci (Virgilio, Orazio, Tibullo, Properzio e Lucano, ad esempio) non usano questo termine, considerato volgare, e usano raramente anche *savium.* In Ovidio, in particolare, i due termini non compaiono mai.
E torniamo, adesso, perché merita qualche parola in più, al bacio la cui etimologia riconduce a bocca: *osculum,* da *os* ("bocca", appunto): il bacio d'amore, per noi, ma non per i romani, che usavano *osculum* per indicare il bacio che i parenti davano alle matrone, incontrandole. E che non aveva

alcun rapporto con l'erotismo. Era, invece, il bacio con cui si controllava la loro virtù.
Più specificamente, baciando sulla bocca le donne di casa, gli uomini controllavano che queste non avessero bevuto vino, bevanda drasticamente e rigorosamente vietata al sesso femminile nei primi secoli della città. Infrangere questo divieto era così grave, per una donna onesta, che una legge attribuita a Romolo concedeva al marito di uccidere la moglie sorpresa nella cantina, dove il vino era conservato. Il "diritto di bacio", insomma, consentiva ai parenti di controllare l'alito delle donne della famiglia, per accertarsi che non avessero bevuto (cfr. *Ignazio, che uccise la moglie a bastonate*, pp. 156-158).
Ma questo non esclude che si trattasse anche di un semplice bacio di saluto. Il bacio sulla bocca infatti, nell'antichità, non aveva necessariamente una connotazione sessuale. In Persia ad esempio, narra Erodoto, il bacio sulla bocca era il saluto fra pari, mentre quello sulla guancia marcava una lieve differenza sociale (quando la differenza era enorme, poi, vi era la prosternazione). La stessa usanza è citata da Senofonte e, come è stato osservato, il termine greco postomerico per bacio (*philema*) è legato a *philos*, amico. Di nuovo, il bacio appare come un segno di riconoscimento sociale.
In Oriente, insomma, il bacio amoroso nasce dopo il bacio di saluto. E lo stesso sembra potersi dire della Grecia: in Omero troviamo infatti questo bacio, ma non quello amoroso, e l'osservazione antropologica ha rivelato che il bacio erotico era ignoto a molti popoli, quali i mongoli, gli eschimesi, i polinesiani e gli abitanti del Giappone antico.
Per finire, veniamo a una interessante opinione sull'uso del "diritto di bacio". Col passare del tempo – ritenevano i romani, o quanto meno alcuni di essi – le donne avevano preso a usarlo come pretesto per dare baci erotici, altrimenti proibiti. Così, se non altro, avrebbe fatto Cinzia, secondo

l'accusa del suo amante Properzio, e Svetonio ritiene che lo stesso facesse Agrippina: i romani, insomma, avevano smesso di fidarsi delle donne. Queste non erano più delle Lucrezie (cfr. *Lucrezia*, pp. 44-46), non si comportavano più come una volta e come si continuava a insegnare loro. Se i romani avessero o meno ragione, è cosa sulla quale torneremo.

### *"Una virilità di stupro"*

Certo, sin qui abbiamo parlato molto di baci. Ma abbiamo anche visto – è stato proprio Catullo, il poeta dei baci, a mostrarcelo – che questo non impediva ai romani di avere un'idea molto rude della loro virilità. Un'idea così profondamente radicata in loro, e così ricorrente nella loro cultura, da suscitare inevitabilmente una domanda. Perché, per qual mai ragione i romani ritenevano che la virilità consistesse in un uso predatorio dell'organo virile?

Intendiamoci subito: in questo, non sono stati e non sono i soli. Ma nel loro caso c'è qualcosa di più, qualcosa che colpisce per la sua ossessiva insistenza, sulla quale avremo modo, anzi, necessità di tornare più di una volta.

Per cercare di capirlo, bisogna partire dal contesto culturale nel quale il romano nasceva e cresceva, e dai valori che gli venivano trasmessi.

Fin dalla più tenera età, il bambino romano veniva educato a essere un dominatore. Come cittadino di Roma, era destinato a un compito: sottomettere il mondo. "Romano, ricordati che devi reggere gli altri popoli con il tuo *imperium*," ammonisce Virgilio. In che modo? "*Parcere subiectis et debellare superbos*", risparmiare quelli che si sono sottomessi, debellare chi osa opporsi.

Sempre e comunque, il romano deve imporsi: sui concittadini, con l'uso politico della parola; su tutti gli altri, quelli che non sono romani, con la forza delle armi e la superiorità delle leggi. Assoggettare gli altri: questa la sua regola di vita. Per essere degno del nome di *civis romanus* deve imparare a non cedere mai, e a imporre sempre e a tutti la propria volontà: anche in campo sessuale. La virilità così intesa è una manifestazione di romanità, una virtù politica. Ed è qui, in questo tipo di etica politica, che affonda le radici il mito di una sessualità che Paul Veyne ha giustamente definito "una virilità di stupro".

Mai e poi mai, neppure in campo sessuale, un romano dev'essere sottomesso. Soprattutto, ma non solo, quando è giovane. Come potrà un ragazzo che da giovane ha subìto sessualmente un altro uomo – come fanno i giovani greci – a diventare il maschio dominatore che deve diventare? Come potrà essere un vero uomo, un maschio che, per essere veramente tale, non potrà limitarsi a sottomettere le donne? Troppo facile, e troppo poco, per un romano, contentarsi del sesso femminile. Alla sua possente e inesauribile virilità – così gli hanno insegnato a percepirla – le donne non possono bastare. Deve sottomettere anche altri uomini: sempre che, beninteso, non siano suoi concittadini.

Ecco perché i romani usano sodomizzare i nemici sconfitti. Ecco perché possono intrattenere, e abitualmente intrattengono, rapporti sessuali con i loro schiavi: anche questa è una manifestazione dell'etica cittadina. Nella vita personale e familiare, il *pater familias* romano è un padrone assoluto, dai poteri illimitati su tutto ciò che gli appartiene, cose o persone che siano. E tra le cose che gli appartengono stanno gli schiavi: per i quali, del resto, soddisfare i desideri del padrone è parte integrante del dovere di servirlo. Non a caso Plauto, nelle sue commedie, ricorda loro, ironicamente, che per rendere al padrone i servizi che questi si aspetta dovranno mettersi a quattro zampe. E non solo nei primi, più rudi secoli della città.

Scrive a questo proposito Seneca – siamo, ormai, nel I secolo d.C. – che un ex schiavo (che con la libertà aveva acquistato anche la cittadinanza romana, com'era la regola a Roma) era stato criticato perché aveva una relazione con il suo ex padrone; e il suo avvocato lo aveva difeso ricordando la seguente regola: "Farsi sottomettere da un altro uomo per un uomo libero è un crimine, per uno schiavo una necessità, per un ex schiavo (nei confronti dell'ex padrone) un dovere morale".

### *L'etica del vanto*

Virilità di stupro, abbiamo detto. Potremmo anche aggiungere: "ed etica del vanto". Qualche esempio?

Cominciamo dai *Carmina Priapea*, un gruppo di poesie raccolte alla fine del I secolo d.C., dedicate al dio Priapo, la personificazione del fallo.

Rappresentato in tutto il mondo romano come un omino fornito di genitali enormi, Priapo teneva lontani da orti e giardini, spaventandoli, non solo gli uccelli rapaci, ma anche i ladri. Ed è quasi superfluo dire quale fosse l'arma di cui si serviva:

*Ladro, t'inculerò, la prima volta. Se ci riprovi,*
*allora in bocca te lo troverai.*
*E se una terza volta torni a farlo*
*perché tu provi l'una e l'altra pena*
*in culo e in bocca te lo metterò.*

È un argomento sul quale Priapo insiste: lui fa sul serio, che nessun ladro speri di cavarsela:

*E non pensare che quello che dico*
*io lo dica per scherzo, o per giocare.*
*Ai ladri, se li sorprendo, per tre, per quattro volte,*
*non dubitare, glielo metto in bocca.*

Si dirà: trattandosi di Priapo, la cosa non sorprende. Ammettiamolo. Rivolgiamoci altrove: cerchiamo di capire come la pensavano in proposito gli abitanti delle città romane. Non gli intellettuali, non i letterati. Gli uomini comuni. Quelli che – abitudine antica – si servivano dei muri come materiale scrittorio: i primi graffitari.

Con passione e con frequenza, persone delle quali nulla sapremmo se non avessero avuto questa abitudine commentavano sui muri gli eventi del momento, esprimevano le loro opinioni politiche, in occasione delle elezioni invitavano i concittadini a votare per il candidato da loro preferito. Ma non erano solo le questioni di rilevanza pubblica a venir comunicate per questa via: ai muri della città queste persone affidavano l'espressione dei sentimenti più diversi, dal disprezzo all'odio all'amore. E spesso, molto spesso, se erano di sesso maschile, l'autocelebrazione delle loro imprese amatorie.

Il luogo privilegiato per avere un'idea di questa continua e ossessiva autoesaltazione sono i muri di Pompei, la città sepolta dall'eruzione del Vesuvio nel 79 d.C. Ma non solo: anche se in misura quantitativamente minore, iscrizioni di questo tipo si trovano e possono essere lette anche in altre città, come Ercolano, Ostia e la stessa Roma.

Sono iscrizioni impressionanti: vantando le proprie gesta erotiche, uomini di ogni età e ceto economico (presumibilmente, peraltro, non molto alto) ribadiscono con un'insistenza quasi ossessiva l'idea che il sesso è pratica da vincitore. E rivelano che in realtà quel che più interessa loro non è l'aver "fottuto" (*futuere* è il verbo in assoluto più usato): è il fatto che dei loro veri o presunti exploit sessuali si parli, che gli altri sappiano, che nessuno possa dubitare della loro virilità.

La discrezione, sotto questo punto di vista, non era certo virtù romana.

Fieri delle loro gesta, ecco dunque, nelle diverse città, coloro che avevano "fottuto" scriverlo orgogliosamente sui muri: "Io Apelle Mure e mio fratello Destro abbiamo piacevolmente fottuto due volte due ragazze a testa" leggiamo nelle terme suburbane di Ercolano.

A Ostia, nella casa di Giove e Ganimede, un anonimo, in verità non raffinatissimo, ricorda che "qui, in località Callinico, ho fottuto in bocca e nell'ano".

A Pompei, Earino, Felice, Vittore e decine e decine di sconosciuti si preoccupano di far sì che non si perda la gloria del loro gesto: lì, in quel luogo, quel giorno, essi hanno "fottuto". Spesso insieme agli amici, in una reciproca, gioiosa e orgogliosa esibizione di potenza: "Festo ha fottuto qui, insieme ai suoi amici". Analoga impresa ha compiuto e registrato per i posteri tal Ampliato Afro. E come altri protagonisti di simili exploit, Festo, Ampliato e compagni pensano di essersi conquistati il diritto di insultare il mondo intero: "Chi scrive ama, chi legge lo prende in culo, / chi saltabecca gli prude, chi passa è una checca / mi divori un plotone di orsi, e chi legge è un coglione".

Ogni tanto – ma di rado, molto di rado – qualcuno è sfiorato dal dubbio: "Io qui ho infilzato la mia donna con il sedere al vento: ma è stato turpe scrivere queste cose," scrive uno sconosciuto, alla cui mente si affaccia il sospetto di non comportarsi esattamente da gentiluomo. Ma la necessità di vantarsi è più forte di tutto.

Se mai vi fu "lunga durata" di una mentalità, poche volte, mi pare, la durata è stata così lunga.

Ma naturalmente la virilità non si manifesta solo con le donne. Quando vuole manifestarla con altri uomini, il verbo che il romano usa maggiormente è *pedicare*: "*te pedicabo*", "te lo metterò in culo," minaccia un tizio. "L'ho messo in culo," comunica un altro. Chi si fosse meritato questo trattamento non sappiamo, ma il suo significato sociale è chiaro. Così come è chiaro il valore della dichiarazione: "Voglio metterlo in culo". Senza destinatario, senza vittima, l'affermazione manifesta un bisogno rozzo ed elementare di sentirsi almeno a parole potenti, per non dire sessualmente inesauribili: in breve, di sentirsi maschi.

La finezza – ne abbiamo avuti esempi più che sufficienti –

non è certo una caratteristica dei nostri supermaschi; dai muri di una taverna, uno di essi annuncia alle frequentatrici del luogo che per loro sono finiti i tempi d'oro: "Piangete, ragazze, il mio cazzo vi ha lasciate. Ora incula culi. Fica superba, addio".

In materia di comportamento e di etica sessuale, i graffiti sono una fonte preziosa: a Roma, in una scuola-palestra costruita da Domiziano, in un ambiente dove si esercitavano i gladiatori, si può ammirare il disegno di uno struzzo sotto al quale si legge: "Una volta non digerivi i cetrioli, ora digerisci i cazzi". Un'elegante, delicata perifrasi per accusare un compagno di essersi fatto *irrumare*: di averlo preso in bocca, vale a dire, di essere un "succhiacazzi", altro insulto diffusissimo. "Succhiare" era un comportamento poco virile per i romani: il vero maschio doveva prendere piacere, non procurarlo. Le conclusioni? Lasciamole a chi legge.

## *Fallo e défaillance. L'altra faccia della medaglia*

La monotonia con la quale il maschio romano insiste nella vanagloriosa esaltazione della propria virilità è tale che, alla fine, impone quasi inevitabilmente una domanda: ma i destinatari di questi messaggi erano veramente solo coloro che li leggevano? Spieghiamoci meglio: la celebrazione della propria potenza virile era solo manifestazione dell'etica del vanto, o aveva anche un'altra nascosta e inconfessata funzione? È possibile che le continue, quasi ossessive, autocelebrazioni nascondessero una terribile paura? Che fossero una sorta di atto scaramantico, un esorcismo contro il terrore della défaillance? Tutti sapevano, ahimè, che nessuno era immune dall'inconfessabile incidente: neppure il maschio romano. Perché il fallo portasse felicità e gloria sociale doveva essere eretto. La défaillance non era tollerata.

A ben vedere, la preoccupazione serpeggia, più o meno

esplicita, nelle poesie d'amore: che l'oggetto del desiderio sia un uomo o una donna è del tutto indifferente. In ambedue i casi c'è sempre, incombente e terribile, il rischio di non essere all'altezza. E c'è anche chi ha il coraggio di confessare, apertamente, di essersi trovato nella a dir poco imbarazzante situazione.

Il più sincero, il più esplicito, è Ovidio. Una volta, gli è accaduto: con una donna bella, bellissima, che aveva tante volte desiderato. Una notte terribile. Dopo tanta attesa:

*...l'ho stretta, turpemente fiacco, senza*
*goderne, e ho giaciuto obbrobrioso peso per il pigro letto*
*e non ho potuto, pur desiderandolo...*
*valermi della parte voluttuosa dell'inguine sfinito.*

Eppure, la donna aveva fatto di tutto per incoraggiarlo:

*cupidamente fece scivolare sulla mia bocca baci con lottanti*
*lingue, e arrese le sue cosce lascive alle mie,*
*e mi disse mille tenerezze...*

Niente da fare:

*...le mie membra, come toccate dalla gelida cicuta,*
*infingarde fallirono il mio proposito; continuai*
*a giacere come un corpo inerte, un inutile peso:*
*non era ben chiaro se fossi corpo o ombra...*
*ahi, mi vergogno dei miei anni.*

Povero Ovidio. Nel tentativo di confortarsi, ricorda che

*...di recente ebbero di seguito il mio ufficio*
*due volte la bionda Chlide, tre la candida*
*Pitò, tre Libàs: in una breve notte Corinna,*
*ricordo, chiese nove volte, e riuscii...*

Nove volte, in una notte, con Corinna... Neppure un simile ricordo basta a consolare il poeta. La vergogna è troppo cocente, non resta che pensare al malocchio:

*Forse, infelice, mi nuocciono formule e erbe*
*magiche? O una strega ha fissato il mio nome su rossa cera*
*e piantato entro il mio fegato sottili aghi?*
*...Forse da qui*
*l'impotenza dei miei lombi. E s'è aggiunta*
*la vergogna: la stessa vergogna dell'accaduto*
*mi nuoceva, seconda causa del fallimento...*

E poi la beffa suprema: le sue membra "vergognosamente inerti", quando è ormai troppo tardi

*intempestivamente vigorose e forti*
*ora chiedono di impegnarsi nella loro milizia.*

Che situazione umiliante: una qualche giustificazione bisogna pur trovarla. Se Ovidio la cerca nell'incantesimo di una maga tessala, Marziale – diverso, quanto diverso da Ovidio – la trova su un altro terreno.

Ovidio, da autentico gentiluomo, riconosce alla sua mancata amante di aver fatto il possibile per venire in suo soccorso. Marziale invece, da vero macho, incolpa il partner. Nel caso specifico, un certo Edilo, nei rapporti con il quale, a quanto sembra, il poeta – a ripetizione, si direbbe – non riesce a dar prova della sua possente, romana virilità. Ma la col pa, dice il poeta, non è certo sua, è di Edilo, sempre troppo frettoloso:

*Quando mi dici: ho fretta*
*fa' quel che devi – Edilo, addio,*
*è finita, la mia Venere ricasca*
*subito illanguidita. Finirò prima.*
*Hai fretta, Edilo? Dimmi: adagio, Biagio.*

Quanto alle donne, poi – è sempre Marziale a parlare – come fare ad accontentarle, se sono prepotenti, esigenti, insaziabili come la sua amante Lesbia? C'è da sorprendersi se, a volte, ci sono delle difficoltà?

*Tu vuoi, Lesbia, che sempre io l'abbia ritto*
*per servirti, ma un cazzo non è un dito,*
*credimi. Tu l'accarezzi e gli parli fitto fitto,*
*ma il tuo fare imperioso ti è nemico.*

Il timore dell'insuccesso, insomma, era un grosso problema. Come sempre, ogni medaglia ha il suo rovescio. Anche i romani avevano le loro nascoste fragilità.

## *Quando è un dio a innamorarsi*

Anche gli dèi si innamoravano, a Roma. E quando questo accadeva, il modo in cui il dio corteggiava, diciamo così, l'oggetto delle sue brame, nonché gli espedienti cui ricorreva per soddisfarle, confermano inesorabilmente quel che la ricognizione degli amori tra mortali ha già rivelato: la sessualità degli dèi era, se possibile, ancor più predatoria di quella dei mortali. Presi da incontenibile passione dei sensi, essi ritenevano che soddisfarla fosse loro diritto, del tutto indipendentemente dal consenso delle interessate. Come dimostrano, tra le tante, le storie che di seguito racconteremo.

*Marte e la vestale.* Il caso più celebre di unione tra un dio e una donna mortale (e certamente il più importante per la storia di Roma) è quello di Marte e Rea Silvia, dalla cui unione nacque Romolo, fondatore e primo re di Roma.

Rea Silvia (figlia di Numitore, re di Alba Longa, detronizzato dal fratello Amulio) era stata costretta dallo zio a diventare sacerdotessa di Vesta. Considerato il voto di castità trentennale cui le vestali erano tenute, Amulio pensava di aver eliminato la stirpe del fratello. Ma Marte, invaghitosi della giovane e bella sacerdotessa, decise di accoppiarsi con lei, e questa non ebbe scampo.

Marte, ovviamente, la violentò: secondo alcuni durante il sonno, secondo altri sorprendendola nel bosco sacro in cui si era recata ad attingere acqua per il sacrificio. Ma poco importano i dettagli, nella logica della storia. Quel che importa è che dal divino connubio nacquero due gemelli: Romolo e Remo.

Furente e non poco preoccupato, Amulio rinchiuse Rea Silvia in una prigione e diede ordine ai suoi servi di sistemare i neonati in una cesta e abbandonarla nel Tevere. Ma la cesta, trasportata dalla corrente, si incagliò all'ombra di un fico. E qui una lupa, che aveva appena partorito, ebbe pena dei neonati e li allattò, sino al momento in cui vennero trovati da un pastore di nome Faustolo, che li affidò alla moglie Acca Larenzia.

Interessante notare a questo proposito che in latino *lupa* significa "prostituta" e che si diceva che Acca avesse esercitato quella professione. Ma su questo torneremo. Ora ci basta sapere che i gemelli si salvarono e che Romolo, quando raggiunse la maturità, uccise il fratello e fondò la città di Roma.

Il primo re di Roma, dunque, nacque a seguito di una violenza sessuale. E non fu il solo. Non meno interessante di quella di Romolo è la storia della nascita del penultimo re, Servio Tullio.

*Ocrisia e il fallo del focolare*. La miracolosa nascita del re Servio Tullio merita una menzione particolare. Servio, infatti, nacque da un padre molto speciale. Non esattamente un dio, nel significato che oggi attribuiamo al termine, ma una delle forze, degli elementi della natura o delle funzioni fisiologiche cui i romani attribuivano statuto divino: il Tevere, ad esempio, che a Roma, come altri fiumi, aveva questo statuto, o, tra le funzioni fisiologiche, la capacità fecondatrice. In altre parole, il fallo.

Onorato per lo più sotto il nome di Priapo, il fallo era una divinità importante, alla quale, tra l'altro, era riservato un ruolo fondamentale nel corso delle antiche cerimonie nuziali. Le giovani spose infatti, entrate nella camera da letto della casa coniugale, ove era conservato un simulacro del dio – in questo caso chiamato Tutunus Mutunus – dovevano sedere su di esso, cavalcandolo a scopo propiziatorio.

Ma le unioni tra il fallo e le donne non erano solo simboliche, come quella cui abbiamo appena accennato. A volte erano anche reali. Come conferma – appunto – la storia della straordinaria nascita di Servio Tullio.

Roma, all'epoca, era governata da Tarquinio, re di origine etrusca. Alla corte di Tarquinio e della moglie Tanaquilla viveva una giovane schiava di nome Ocrisia, che un giorno, mentre attizzava il fuoco, venne posseduta da un genio fallico, uscito dalle fiamme. Come sempre feconda, l'unione fu seguita dalla nascita di un bambino, il cui futuro, essendo figlio di una schiava, altro non poteva essere che quello di uno schiavo: così, almeno, stabilivano le regole ferree del diritto di Roma.

Ma le cose andarono diversamente: la nascita miracolosa destinava il bambino a ben altro. Come meravigliarsene? La storia di Romolo ce lo ha già insegnato: il potere ha origini divine. La storia di Servio Tullio lo conferma, così come conferma il carattere predatorio della sessualità dei mortali e degli dèi romani.

La forza divina che fecondò Ocrisia lo dimostrò nel modo migliore: alla donna che aveva deciso di possedere scelse di presentarsi direttamente in veste di fallo. Puramente e semplicemente, senza bisogno di fastidiose mediazioni.

*Intermezzo*
*I più antichi riti matrimoniali*

Nei primi secoli di Roma esistevano due forme di matrimonio. La prima, detta *confarreatio*, riservata ai patrizi, prendeva il nome dal momento centrale del rito: la spartizione di un pane di farro, simbolo della nuova vita in comune. Ma essa cadde ben presto in disuso, praticamente sostituita dal rito detto *coemptio* (il cui nome era legato al verbo *emere*, "comprare"), che consisteva in un acquisto simbolico della donna. Esso si svolgeva, come tutti gli atti di acquisto, alla presenza di un personaggio incaricato di reggere una bilancia sul cui piatto il marito, o il suo capofamiglia, gettava una somma simbolica per l'acquisto della sposa.
Ambedue le cerimonie producevano, accanto alla nascita del vincolo matrimoniale, il passaggio della moglie nella famiglia del marito, che acquistava su di lei un potere personale chiamato "mano" (*manus*), analogo a quello della potestà paterna.
Nel caso due persone andassero a convivere senza celebrare alcuna cerimonia nuziale (o se questa non aveva prodotto i dovuti effetti per mancato rispetto delle formalità o dei requisiti richiesti), il marito acquistava comunque la "mano" sulla moglie dopo un anno di "uso" (*usus*), vale a dire di coabitazione.
L'*uso*, in altre parole, era l'applicazione in campo matrimoniale dell'istituto (l'usucapione) che serviva (e serve) ad acquistare la proprietà di un bene attraverso l'uso dello stesso per un tempo determinato. Nel diritto romano arcaico (in forza di una disposizione delle XII Tavole) il tempo richiesto era due anni per le cose immobili, e uno per quelle mobili: qual era considerata a questi effetti la donna.
A questo punto, appare abbastanza evidente quale fosse la collocazione della sposa nel nuovo focolare, a illustrare plasticamente la quale contribuisce la descrizione di uno tra i

molti riti che venivano celebrati il giorno in cui, in solenne processione, la sposa veniva accompagnata a casa dello sposo.

Tra questi riti spiccava infatti, per il suo valore simbolico, quello della *caelibaris hasta*, una bacchetta con cui lo sposo spartiva i capelli della sposa, acconciandoli in una speciale pettinatura composta da sei ciocche. Un rito strano, così spiegato da Festo: "L'asta è l'espressione massima delle armi e del potere". Il rito, dunque, serviva a rendere evidente che la sposa veniva sottoposta al potere del marito; e la parola che qui traduciamo con "potere" nel testo di Festo è "imperio" (*imperium*), vale a dire il supremo comando militare.

*Giove e Tacita Muta.* Se, in via del tutto eccezionale, accadeva che qualcosa impedisse a un dio la realizzazione del suo desiderio, allora erano guai. La sua ira era incontenibile e non esitava a manifestarsi in gesti di atroce crudeltà. Come dimostra, ad esempio, quel che accadde quando Giove, il re degli dèi, venne preso da passione per la ninfa Giuturna.

Una sorella della ninfa, di nome Lara, venuta a conoscenza dei piani del dio, aveva messo Giuturna sul chi vive e Giove aveva visto i suoi piani andare all'aria. Indignato e furente, aveva strappato la lingua alla delatrice, che da quel momento era diventata Tacita Muta e aveva finito i suoi giorni agli Inferi, tra le divinità dei morti.

Povera Tacita. Se dovessimo definire la sua storia in termini odierni, non credo troveremmo parola più adatta di "machista". A pensarci bene, questi dèi ricordano molto il celebre "uomo che non deve chiedere mai" di una celebre pubblicità di molti anni fa. Un uomo abituato a prendere, che considera un diritto soddisfare ogni suo desiderio. Ma l'insegnamento più interessante che viene dalla storia di Tacita riguarda il rapporto tra le donne e la parola.

La parola, per i romani, era molto importante: era lo strumento che consentiva ai retori di dimostrare le proprie tesi, che dava la vittoria nella lotta politica, che riusciva a influenzare e a determinare la pubblica opinione. Il buon uso della parola insegnava al popolo a rispettare i detentori del potere, a riconoscerli come rappresentanti dei suoi interessi, a obbedir loro e a seguirli. Saperla usare nel modo appropriato era motivo di orgoglio, e soprattutto fonte di successo. Dal che già si desume che la parola era appannaggio maschile. Le donne, alle quali naturalmente lo spazio pubblico era precluso, la usavano nel privato, dove spesso, nella visione maschile, la trasformavano in inutile chiacchiera: quando, come nel caso di Lara, non diventava manifestazione di incapacità di distinguere tra quel che si poteva e quel che non si poteva dire, inutile interferenza negli affari altrui, incapacità di stare al proprio posto...

Lara, insomma, non aveva fatto cattivo uso della parola per una leggerezza individuale, per un difetto del carattere. Lara aveva usato la parola a sproposito *perché era una donna*: inevitabilmente, per una caratteristica e un difetto tipicamente femminili.

Tacita, dunque, era un simbolo. Così come un simbolo – diverso, ovviamente – era Aius Locutius, il dio il cui nome contiene due riferimenti alla parola (mentre quello di Tacita Muta contiene due riferimenti al silenzio): *Aius* da *aio* e *Locutius* da *loquor* (due verbi che significano "dire", "parlare").

Nella storia di Roma, Aio si era manifestato solamente una volta, come una voce misteriosa che nel 390 a.C. aveva messo in guardia i romani contro l'imminente pericolo rappresentato dall'avanzare dei Galli verso la città (che di lì a poco, in effetti, sarebbe stata saccheggiata). Ma l'avvertimento di Aio non era stato preso sul serio. E quando i Galli avevano finalmente lasciato Roma, il dittatore Camillo aveva voluto che in segno di pentimento si erigesse un santuario in onore del dio, nel luogo dove la sua voce aveva parlato, nell'angolo nord del Palatino. La sua storia insegnava che alla parola maschile si poteva, e si doveva, credere.

### *E per finire: il ratto delle sabine*

Dimentichiamo gli dèi: della loro sessualità, ormai, sappiamo quanto ci basta. Torniamo tra i mortali, per concludere questa prima panoramica sull'amore a Roma con un racconto che abbiamo imparato a conoscere da bambini, sui banchi di scuola. Ma allora (forse estendo indebitamente ad altri quella che è stata la mia reazione, però non credo) non ne avevamo percepito la inaccettabile, arrogante prepotenza. Forse, dunque, rileggerla non significa solo rinverdire un lontano ricordo. Forse, ci consente di capire di più dei romani, e di quel che di loro resta fra noi.

La storia comincia quando Romolo decide di procurare delle mogli agli abitanti della città che ha appena fondato. Per popolarla, aveva aperto un *asilum*, vale a dire un luogo nel quale si garantiva protezione a tutti coloro che vi si fossero rifugiati. Apriamo una brevissima parentesi. Dovevano esserci dei personaggi non del tutto raccomandabili, tra i primi abitanti di Roma. Chi poteva avere interesse a ricorrere all'*asilum*? Accanto a uomini mossi solo dal desiderio di essere cittadini della nuova città – non possiamo e non vogliamo escludere che ve ne fossero – a Roma confluirono tutti coloro che, essendosi resi sgraditi nella propria, avevano pensato bene di abbandonarla per evitare rappresaglie, o che erano stati costretti a farlo per scampare a punizioni.

Ma veniamo al problema delle mogli. Come che fossero, chiunque fossero, i romani avevano bisogno di donne. Senza figli, la città si sarebbe estinta.

Romolo ebbe un'idea: in occasione dei giochi da lui indetti in onore di Nettuno, i *Consualia*, invitò i vicini sabini a parteciparvi, portando con sé le loro donne. I sabini accettarono, senza immaginare l'inganno. Quando giunsero a Roma, fiduciosi e contenti dell'amicizia con i nuovi vicini, si trovarono a dover fronteggiare un inaspettato, inaudito atto di ostilità.

I romani, a un cenno di Romolo, si gettarono sulle donne e le rapirono. I sabini, che naturalmente erano venuti alla festa disarmati, non ebbero modo di difenderle. Catturate e portate nelle case dei rapitori, le sabine divennero le mogli dei romani.

Ma quante erano, queste donne? Furono davvero solo trenta, come dicono alcuni? Accanto alla tradizione che riporta questo numero, Plutarco ricorda che secondo Valerio Anziate esse sarebbero state 527, e secondo Giuba ben 683. E anche Dionigi di Alicarnasso parla di 683 donne. Tutte vergini tranne una, Ersilia, che al momento del ratto aveva una figlia in tenera età e che divenne la moglie di Romolo.

Quando i sabini chiesero che i romani restituissero le donne rapite, questi sostennero in loro difesa di aver organizzato il ratto al fine di stringere un legame capace di unire le loro discendenze in un unico popolo. La loro intenzione, dissero, era quella di rapire solo le vergini. Ersilia era stata rapita per errore.

L'argomento, più che comprensibilmente, non convinse nessuno. La guerra sarebbe stata terribile se le donne sabine non avessero convinto i loro ex uomini a cessare le ostilità: dicono le fonti, grazie soprattutto alle capacità e all'intervento decisivo di Ersilia. Anche se costrette al matrimonio dalla violenza, le sabine infatti non volevano separarsi dai mariti romani, non volevano che questi combattessero contro i loro compatrioti, non volevano doverne piangere la morte.

Così nei racconti dei romani: tutto torna, tutto si tiene. Eccoci, di nuovo, di fronte alla incrollabile certezza dei nostri antenati nelle proprie capacità di seduzione. Una volta conosciuto un romano, una donna, qualunque donna, non poteva che sognare di restargli accanto.

E veniamo alla fine della storia. Di quel che fecero i sabini, a quel punto, le fonti non fanno parola. Piacerebbe saperlo: senza più neppure una ragazza da marito, come si organizzarono? Attesero che le neonate crescessero? Silenzio. Quel che importava, a chi raccontava la storia, era celebrare le virtù dei romani, tra le quali, non ultima, la grande generosità dimostrata al momento dell'accordo di pace nei confronti delle donne rapite (e con esse – è da intendersi – a tutte le *matronae* che avrebbero abitato la città).

Le donne, racconta Plutarco, non sarebbero state costrette a fare alcun lavoro tranne quelli connessi alla lana, vale a dire filatura e tessitura; avrebbero avuto diritto di precedenza nelle strade della città; in loro presenza nessuno avrebbe pronunciato parole "indecenti"; nessun uomo si sarebbe mai mostrato nudo al loro cospetto, e se lo avesse fatto sarebbe stato perseguito in giudizio come omicida. Infine, i loro figli avrebbero indossato una speciale collana, detta *bulla*, e un abito bordato di porpora.

Forse un po' rudi, inizialmente, questi romani. Ma, alla fine, dei veri gentlemen.

# PARTE SECONDA

# Degli amori il catalogo è questo

Gli amori erano e sono tanti, di tipo diverso. Non solo perché ciascun amore è diverso dagli altri, o almeno così ama credere chi lo prova. Gli amori sono diversi anche e soprattutto perché, a seconda di chi li vive e delle circostanze in cui vengono vissuti, il giudizio sociale e, a volte, il diritto li valutano diversamente. E il giudizio esterno, sociale o giuridico che sia, influenza il modo in cui l'amore viene vissuto.

L'amore, insomma, non vive solo in chi lo prova: vive anche nella storia, nelle convenzioni che ne determinano i tipi, nelle leggi, nel giudizio sociale e nella paura di questo.

Un sistema per mettere ordine nel nostro tentativo di passare in rassegna gli amori dei romani, dunque, è quello di dividerli per categorie.

Innanzitutto, gli amori dovuti: quelli socialmente doverosi, quelli che la comunità si aspetta vengano provati. Tra di essi, ci soffermeremo sui due tipi più importanti: quello coniugale e quello tra genitori e figli.

In secondo luogo, gli amori possibili: quelli che non è doveroso provare, ma che, se provati e vissuti, non sono biasimati. Un tipo di amori, è bene dirlo subito, che a Roma erano consentiti solo agli uomini. Per le donne, esistevano solo amori dovuti.

Per finire, gli amori proibiti: per le donne, fossero esse nubili, sposate o vedove, qualunque rapporto che non fosse coniugale. Per gli uomini, inizialmente, gli amori proibiti erano pochi. Ma, con il passare del tempo, anche per loro le libertà si restrinsero. In che direzione, come e perché, è cosa che vedremo.

# 1.
# AMORI DOVUTI

## *L'amore coniugale*

*Prendere moglie: un male necessario.* Sposarsi per amore? Neanche per sogno. A Roma era impensabile: amore e matrimonio erano due cose diverse, che raramente si incontravano. Come sorprendersene, del resto? Non sono certo lontani i tempi in cui anche nella parte del mondo in cui viviamo i matrimoni erano combinati dalle famiglie. E in altre parti del mondo lo sono tuttora. Quel che sarebbe sorprendente sarebbe scoprire che a Roma le cose stavano diversamente. Ma così non era.

Naturalmente, non era da escludere che tra due persone, di cui altri avevano deciso il matrimonio, nascesse un rapporto amoroso: ne vedremo alcuni esempi. Ma si trattava di casi fortunati, relativamente rari. Non della regola.

Di regola, i romani si sposavano per convenienza sociale: perché a una certa età si usava farlo; perché, se appartenevano alle classi alte, il matrimonio serviva a stringere alleanze politiche; e soprattutto perché consideravano il matrimonio un dovere civico. Al quale peraltro, a quanto pare, si piegavano con notevole riluttanza.

Il numero di quelli che all'età in cui era appropriato farlo non prendevano moglie era così alto che nel 131 a.C. il censore Metello Numidico – messo in allarme da un preoccupante calo delle nascite – decise di intervenire e fece un discorso ai suoi concittadini: "Se potessimo vivere senza mogli, o romani, nessuno di noi si sognerebbe di accettare le noie del matrimonio. Ma la natura, se ha voluto che non si potesse vivere con le mogli senza avere delle noie, ha anche voluto che non si potesse vivere senza di loro. Dunque, meglio rassegnarsi: meglio preoccuparsi della tranquillità perpetua che del piacere di breve durata".

Evidentemente, il discorso non ebbe gran successo. Cento anni dopo, il problema era ancora più serio. Il calo delle nascite era diventato un fenomeno preoccupante, sulle cui cause ci si interrogava. Abitualmente, quasi superfluo dirlo, si riteneva che fosse colpa delle donne: non erano più quelle di un tempo, non volevano figli per darsi alla bella vita (un capitolo a parte, questo, sul quale torneremo).

Convinto che il problema fosse legato alla decadenza dei valori familiari (una convinzione che, quale che sia la famiglia di cui si discute, torna con impressionante regolarità attraverso i secoli), Augusto decise di correre ai ripari. E, per cominciare, fece affiggere in senato il discorso di Metello Numidico perché tutti potessero leggerlo.

Ma neppure il potere e la capacità di persuasione di Augusto furono sufficienti: i romani continuarono a considerare il matrimonio qualcosa da evitare. Dopo all'incirca un altro secolo, il retore Tito Castricio incluse tra gli esercizi che proponeva agli allievi la seguente questione: aveva fatto bene Metello quando si era appellato alle necessità della natura, per convincere gli uomini a sposarsi? Il suo discorso non sarebbe stato più efficace se avesse illustrato le gioie dell'unione coniugale? Risposta (più che scontata): Metello aveva usato la sola tecnica possibile. Motivazione: i retori possono svolgere le argomentazioni più tendenziose, false e capziose, ma solo se verosimili. Essendo gli aspetti negativi del matrimonio così universalmente noti, Metello aveva fatto bene a non tentare di nasconderli. L'unico argomento che poteva convincere gli uomini a sposarsi era la necessità di stato.

Esagerava, forse, Tito Castricio? Aveva esagerato, prima di lui, Metello? Si direbbe di no. Ascoltiamo, tra le tante (altre seguiranno), la voce di un poeta, Lucilio, vissuto tra il 180 e il 102 a.C.: "Gli uomini si procurano da soli questa seccatura: si sposano e procreano, facendo così il proprio male".

*Come minimizzare rischi e seccature.* D'accordo, il matrimonio era una gran seccatura. Non prometteva la felicità. Ma proprio per questo, proprio perché era un dovere sociale e civico, bisognava essere sicuri, quando ci si decideva al grande passo, che la futura moglie fosse socialmente e moralmente idonea: che garantisse insomma che i fini del matrimonio sarebbero stati raggiunti. In primo luogo, dunque, doveva essere sessualmente integerrima: prima e dopo il matrimonio. Al di là del problema della certezza della prole, era una questione d'onore.

Ma castità prematrimoniale e fedeltà coniugale erano solo i primi requisiti, ai quali si dovevano aggiungere modestia, parsimonia, obbedienza... tutte le qualità, insomma, che potevano garantire il buon andamento della casa e, se non la felicità, quanto meno la tranquillità del marito. Fondamentale, dunque, che le ragazze venissero allevate al rispetto di questi valori, a ricordare i quali stava un'abilissima, incessante propaganda.

Benché diverse da quelle odierne, anche allora esistevano le tecniche di persuasione: i celebri "esempi". Aneddoti, veri o leggendari, attraverso i quali venivano proposti modelli di comportamento cui era necessario ispirarsi se si voleva meritare la stima sociale, il rispetto dei concittadini, e, dopo morti, la gloria eterna.

Naturalmente, gli esempi erano diversi, in primo luogo, a seconda che venissero proposti agli uomini o alle donne. E poiché in questo momento ci stiamo occupando delle mogli, eccoci ad alcuni tra i tanti racconti dei quali sono protagoniste donne integerrime, dal coraggio indomito, dalla virtù inespugnabile, dall'obbedienza cieca e assoluta a padri e fratelli. Donne che per lo più avevano perso o si erano tolte la vita – superfluo dirlo, per nobilissimi motivi – e che per questo venivano continuamente celebrate e proposte come monito e insegnamento a tutte le altre.

Grazie a questi esempi, le donne di Roma sapevano quali comportamenti tenere se volevano avere anch'esse un ruolo – da vive e da morte – nella storia della città. E sapevano che questo ruolo era importantissimo. In non pochi casi, infatti, la propaganda nazionale legava gli avvenimenti fondamentali della storia patria ad alcuni comportamenti esemplari femminili. Come dimostra, per cominciare, la celeberrima storia di Lucrezia.

### *Per sempre solo tua: l'esempio di Lucrezia*

Era bella, Lucrezia, ed era virtuosa: sarebbe bastato vederla quella sera mentre, a tarda ora, sedeva filando la lana con la lucerna accesa, circondata dalle ancelle. Una sera per lei fatale: ma come avrebbe mai potuto, in quel momento, immaginarlo?

Il marito Collatino era lontano: insieme agli altri uomini, partecipava all'assedio posto alla città di Ardea. E quella sera, mentre Lucrezia filava, Collatino stava parlando di lei e tessendo le sue lodi. Insieme ai più nobili tra gli assedianti, si trovava nella tenda di Sesto Tarquinio, figlio dell'ultimo re etrusco di Roma, Tarquinio il Superbo. Il discorso, a un certo punto, era caduto sulle virtù delle rispettive mogli e ciascuno dei presenti sosteneva che nessuna delle altre mogli meritava più lodi della sua. Collatino, allora, aveva avuto un'idea. Più che sicuro che nessuna delle altre mogli fosse più virtuosa della sua Lucrezia, aveva proposto di montare a cavallo e andare a constatare, non visti, quel che accadeva nelle rispettive case.

Detto fatto. Spronati i cavalli, il gruppo raggiunge Roma, dove le mogli dei figli del re se la spassano allegramente, banchettando. A Collazia, invece, in casa di Collatino, la scena – lo sappiamo – è molto diversa.

Collatino ha vinto la scommessa, ma la sorte di Lucrezia è segnata. Sesto Tarquinio, alla vista di quella donna così bella e virtuosa, viene preso da incontrollabile brama di possederla e alcuni giorni dopo, all'insaputa di Collatino, torna in casa sua, si introduce nella stanza di Lucrezia e, impugnata la spada, con la mano sinistra "ferma sul petto della donna" le dichiara il suo amore. Naturalmente, Lucrezia lo respinge. Tarquinio passa alle minacce, e poi al ricatto: se continuerà a negarsi la ucciderà, e poi metterà nel letto, accanto al suo cadavere, quello di uno schiavo nudo. Tutti penseranno che è stata uccisa "in vergognoso adulterio".

A Lucrezia non resta che cedere: ma non per timore della morte. Quel che non può tollerare è il disonore: "Vinta con questa minaccia l'ostinata pudicizia, la libidine fu in apparenza vincitrice," scrive Tito Livio. Tarquinio se ne va, ignaro delle conseguenze che il suo comportamento avrà sulla storia della città.

Rimasta sola, Lucrezia manda un messaggero a chiamare padre e marito. Questi accorrono, e Lucrezia li riceve, compostamente seduta nel mezzo della sua stanza: "Nel tuo letto, o Collatino, vi sono le tracce di un altro uomo. Però solo il corpo è stato violato, l'animo è innocente. Mi ucciderò, e la mia morte lo proverà. Ma voi, promettetemi che l'adulterio non resterà impunito".

Padre e marito promettono, cercando al contempo di convincerla a desistere dal proposito suicida, ma Lucrezia è irremovibile. Sotto le vesti ha nascosto un coltello, e prima che possano impedirglielo se lo conficca nel cuore "perché in futuro, seguendo il mio esempio, nessuna donna viva disonorata".

Queste le sue ultime parole. Così finisce la vita di Lucrezia, e con essa il regime monarchico. Non sopportando l'offesa fatta a una donna che rappresenta tutte le spose romane, il popolo insorge, trovando finalmente la forza per liberarsi dal giogo dei re stranieri. La morte di Lucrezia consente la nascita della Repubblica, e con essa la conquista della libertà.

Le donne romane sono avvertite: così deve fare una moglie, se il suo corpo – anche contro la sua volontà – è appartenuto a un altro uomo. Un esempio tra i più celebri e amati dai romani.

Ma per completare il quadro delle virtù femminili ci volevano altri aneddoti, e altri personaggi. Ed ecco Porzia e Arria, le vedove perfette: quelle che mostravano come avrebbe dovuto comportarsi una moglie, nel malaugurato caso che il marito la lasciasse precocemente vedova.

### *Non ti sopravvivrò: Porzia e Arria*

*Porzia.* Nel 42 a.C. Bruto e Cassio, gli assassini di Cesare, vengono sconfitti a Filippi. Bruto lascia una vedova inconsolabile: Porzia, figlia di Catone detto Uticense. Quando viene a sapere della morte del marito, Porzia cerca in tutti i modi di uccidersi. I parenti, disperati, nascondono tutto quello che potrebbe usare come arma, ma nulla può fermare la mano di Porzia, che cerca ovunque un possibile strumento di morte. Finalmente lo trova. Quei carboni roventi nel camino, che straordinaria occasione. Porzia se ne riempie le mani, poi la bocca: li divora, li deglutisce. Muore, finalmente felice, "inghiottendo castissimi carboni ardenti," dice Valerio Massimo.

Attenzione, l'aggettivo "castissimi" è importante: la "castità" dei carboni segnala che – anche se il suo coraggio le ha consentito di morire "da uomo" (non potrebbe esserci lode maggiore) – in vita Porzia ha posseduto la massima delle virtù femminili: superfluo ripeterlo, la castità.

Il ricordo del gesto di Porzia turbava, commuoveva, esaltava i romani al punto da indurre Marziale, di regola assai poco incline a lodare le donne, a dedicarle alcuni versi memorabili:

*Udì Porzia la morte di Bruto*
*e il suo dolore di sposa cercò un'arma*
*(tutte gli erano state sottratte).*
*"E ancora non sapete," gridò,*
*"che non si può proibire di morire?..." Tacque*
*e con frenetica bocca inghiottiva*
*rovente bragia. Via, via*
*piccola gente fastidiosa: provati*
*adesso a rifiutarle un ferro.*

Certo, Porzia aveva scelto un modo particolarmente truculento di morire. Ma a Roma truculenza ed eroismo si accompagnavano con una certa frequenza. In famiglia, del resto, Porzia aveva un esempio straordinario: suo padre Catone Uticense, che dopo la sconfitta dei pompeiani a Utica si era suicidato squarciandosi il ventre con la spada ed estraendone le viscere.

Degna figlia di tanto padre, Porzia era, più che comprensibile, uno tra gli esempi perennemente riproposti alle donne romane. Beninteso: questo non significava che – a prescindere dal modo – tutte le vedove dovessero suicidarsi. Tra l'altro, questo avrebbe creato un serio problema sociale. Significava però che da una moglie perfetta ci si aspettava quanto meno che desiderasse non sopravvivere al marito. E perché l'idea fosse ben chiara, ecco pronti altri, non meno nobili esempi.

*Arria.* Tutta la vita di Arria, moglie di Cecina Peto, era stata un esempio e un monito, a se stessa e agli altri. Di sé e delle sue virtù, Arria aveva dato prova tutta la vita, in ogni possibile occasione. A cominciare da quando uno dei suoi figli si era ammalato di un morbo che si aggravava e lo conduceva alla morte, proprio nei giorni in cui Peto giaceva a sua volta a letto, seriamente ammalato.

Per non addolorarlo, Arria aveva deciso di nascondergli l'accaduto. Ogni volta che entrava nella stanza del marito si asciugava le lacrime e ricomponeva il volto al sorriso, per ricominciare a piangere solo quando era lontana da lui; salvo poi ricomporsi e tornare al suo capezzale sorridendo.

Ma questo non fu che l'inizio. Cosa intendesse per devozione coniugale, era cosa che Arria aveva avuto modo di ribadire più volte: una moglie non doveva sopravvivere al marito. Quando una sua amica, rimasta vedova, non provvide a suicidarsi rapidamente, Arria, interdetta e turbata, ritenne suo dovere intervenire, e in nome della loro amicizia la rimproverò aspramente: essere ancora in vita non le faceva onore.

Ma la prova definitiva di sé Arria la diede quando Peto, nel 42 d.C., venne coinvolto in una congiura contro l'imperatore Claudio e condannato a morte. Secondo l'etica romana, se voleva salvare l'onore, a Peto non restava che evitare l'infamia del supplizio suicidandosi. E Peto lo sapeva, ma più che comprensibilmente esitava, temeva la morte. In quell'occasione, Arria superò veramente se stessa.

Dal momento in cui venne a sapere della condanna del marito, proclamò con fermezza la sua decisione di non sopravvivergli. I familiari tentarono di convincerla a desistere. Il genero pensò di aver trovato un buon argomento: "Se io morissi," le chiese, "saresti contenta se tua figlia si suicidasse?". "Certamente, se fosse stata felice con te come io sono stata felice con Peto."

Arria era, o meglio sarebbe stata, pronta a raggiungere il marito defunto. Ma Peto era ancora vivo, non si decideva a uccidersi. Toccava a lei convincerlo a fare il suo dovere. Afferrata la spada che egli non osava impugnare, se la conficcò nel ventre. E poi

*nel porgere al suo Peto la spada*
*estratta dalle sue viscere, la casta Arria*
*disse: "Non mi fa male la ferita che mi sono fatta,*
*Peto. Mi fa male solo quella che tu ti farai".*

Così, nel racconto di Marziale. Chissà cosa avrà pensato, Peto, prima di impugnare a sua volta l'arma: avrà ringraziato la sorte per aver avuto in moglie una simile donna? Non resta che sperarlo, povera Arria.

### *Una storia vera: Turia*

La storia di Turia non è "esemplare", nel senso che non veniva propagandata come "esempio". Morta in una data incerta, tra l'8 e il 2 a.C., Turia era una qualunque moglie, la cui storia e il cui nome nessuno conoscerebbe se, attraverso i secoli, non fosse giunto sino a noi l'elogio funebre fatto incidere dal marito sulla sua tomba. E l'elogio rivela che gli esempi, a volte, funzionavano. Come dimostra – appunto – il caso di Turia, nel racconto che ce ne fa il suo vedovo.

"Sono rari i matrimoni che finiscono solo con la morte, e non con un divorzio. Noi abbiamo avuto in sorte che il nostro durasse quarantun anni, senza mai un dissidio," esordisce il vedovo inconsolabile.

In effetti, leggendo quanto segue, non v'è dubbio che a Turia il marito non aveva proprio nulla da rimproverare: era stata casta, rispettosa, amabile, arrendevole, attiva al telaio, religiosa senza eccessi, modesta nell'adornarsi e nel vestire. Aveva affidato al marito la gestione del patrimonio ricevuto dai genitori, senza mai peraltro smettere di collaborare con lui nell'amministrarlo. Si era dedicata alle opere benefiche, aiutando parenti poveri e i bisognosi. E aveva compiuto gesti di nobiltà e coraggio straordinari. Come spesso accadeva a quell'epoca, le turbolente vicende politiche avevano costretto il marito ad allontanarsi dalla città; ebbene: "durante la mia clandestinità," egli ricorda, "perché potessi portarli con me, ti sei privata di tutto l'oro e le perle che avevi. Hai reso la mia lontananza meno miserevole anche fornendomi schiavi, danaro, provviste, astutamente ingannando le guardie dei nemici".

Sprezzante dei pericoli, inoltre, Turia aveva interceduto per lui, per il suo ritorno e la sua riabilitazione, e quando finalmente la pace era tornata aveva ripreso con lui la vita di sempre. Devota e felice. Se non fosse stato per un problema, un dolore che Turia non riusciva a superare: non aveva avuto un figlio. E quando aveva capito di non avere più speranze, aveva dimostrato la nobiltà del suo amore.

"Noi desideravamo figli," prosegue il marito, "che un destino malevolo ci negò. Se la fortuna ci avesse aiutato, cosa ci sarebbe mancato?... Disperata per la tua sterilità e soffrendo per la mia mancanza di prole, mi hai offerto il divorzio... Ti sei offerta di lasciare la casa alla fecondità di un'altra donna, e di procurarmi tu stessa una sposa degna del nostro reciproco affetto. Mi hai assicurato che avresti trattato i suoi figli come figli comuni... Non vi sarebbe stato nessun cambiamento, nessuna separazione, da quel momento tu avresti avuto nei miei confronti l'affetto e la devozione di una sorella o di un'amica..."

Difficile capire cosa intendeva Turia quando diceva che nulla sarebbe cambiato, e che avrebbe considerato i figli dell'altra donna come "comuni". Il fatto che affermi che continuerà a essere devota al marito, anche se non sarà più sua moglie, fa pensare che alluda a una condizione temporanea. Possiamo pensare che prospettasse al marito un nuovo matrimonio "a tempo"? Che pensasse alla possibilità che questi prendesse una nuova moglie solo fino al momento in cui non avesse avuto un erede, con l'intesa che a quel punto lei, Turia, avrebbe ripreso il suo posto e il suo ruolo di moglie? Intende forse questo, Turia, quando garantisce che considererà i figli dell'altra come suoi? Come dimostra la storia di Marzia e Catone (vedi pp. 162-165), a Roma questo poteva accadere.

Se Turia alludesse a tale possibilità, peraltro, è cosa che non sapremo mai. Quel che sappiamo con certezza, però, è che il marito rifiutò l'offerta: come afferma candidamente, non voleva cambiare "il certo per l'incerto". Non voleva correre rischi, insomma. Ma questo non fa che rendere la vicenda più interessante, dal nostro punto di vista: le mogli romane, a volte, superavano persino le non poche aspettative dei mariti. E i mariti, considerando questo loro atteggiamento segno di impareggiabile virtù, se ne gloriavano: sotto la fierezza con la quale il marito di Turia dichiara di aver declinato l'offerta, traspare con tutta evidenza l'orgoglioso compiacimento di chi ha ricevuto la suprema prova d'amore da una donna degna di essere stata sua moglie.

### *Intermezzo*
### *Le virtù della frusta*

Ogni anno, il 15 febbraio, si celebrava la festa dei Lupercali. Una festa antichissima, di cui erano protagonisti i Luperci, membri di un gruppo le cui "selvagge riunioni", scrive Cicerone, erano state istituite "prima della libertà e delle leggi". E bisogna dire che, su questo, Cicerone aveva ragione: i riti celebrati durante i Lupercali erano per certi aspetti, se non vogliamo dire selvaggi, certamente molto singolari.

I Luperci, per cominciare, nel giorno in cui si celebrava la festa uscivano nelle strade nudi, coperti solo da un perizoma. E come se non bastasse erano armati di una frusta, con la quale inseguivano e fustigavano i passanti. Ma non tutti fuggivano, scrive Plutarco, non tutti cercavano di ripararsi dai loro colpi: le donne adulte speravano infatti di essere colpite e facevano di tutto perché accadesse.

Un rito strano, certamente, la cui funzione diventa peraltro

comprensibile se la si collega a un'antichissima credenza magica relativa alla fustigazione. Fustigare, infatti, era uno dei modi per gettare incantesimi su cose e persone, e poteva produrre, secondo i casi, gli effetti più diversi. Come, ad esempio, quello di far sì che l'anno nuovo nascesse nel segno della felicità.
A questo scopo, il 14 marzo di ogni anno – anticamente, la data di inizio del nuovo anno – un uomo chiamato Mamuzio Veturio (il vecchio Marte) veniva cacciato da Roma dopo essere stato condotto per le strade e fustigato. Mamuzio, infatti, rappresentava l'anno vecchio, che veniva espulso insieme a tutti gli influssi negativi che contaminavano la città. E poiché grazie alla fustigazione gli influssi si coagulavano attorno a lui, l'anno nuovo entrava in una città purificata.
Stranezze dei romani? Neppure per sogno. La fede nella magia della fustigazione era diffusissima. In Grecia ad esempio, a Cheronea, uno schiavo, che rappresentava la fame, veniva ogni anno fustigato e cacciato dalla città al grido di: "Se ne vada la fame, vengano ricchezza e prosperità". Per non parlare, sempre in territorio greco, del rito di espulsione dei *pharmakoi*, i "capri espiatori", dei poveretti che venivano rinchiusi e tenuti in vita al solo scopo di essere fustigati, espulsi o sacrificati quando qualcosa faceva temere che l'ira degli dèi si sarebbe abbattuta sulla città.
Ma torniamo ai Lupercali: perché le donne adulte cercavano di essere colpite dalle fruste dei Luperci? Perché la fustigazione, tra le sue virtù, aveva anche quella di favorire la fecondità. Ecco perché le donne romane, il 15 febbraio, aspettavano con ansia i Luperci: per essere sicure di non venir meno al compito cui erano destinate.

PS Roma, 15 febbraio di un anno imprecisato attorno al 50 a.C. Si celebrano i Lupercali. In una delle strade della città, invase da una gran folla, arriva Giulio Cesare. Con lui la moglie Calpurnia, Bruto e la moglie Porzia, Cassio e Antonio, pronto per partecipare alla corsa.

Cesare apostrofa la moglie:
"Calpurnia!".
"Sono qui, mio signore."
"Mettiti direttamente sulla strada di Antonio, quando lui fa la sua corsa."
Un ordine perentorio, quindi una raccomandazione ad Antonio: "Non scordare, quando corri, di toccare Calpurnia. I nostri anziani infatti dicono che le donne sterili, toccate in questa corsa sacra, perdono la loro maledizione".
"Lo ricorderò, Cesare: quando Cesare dice 'fa' questo', la cosa è fatta."
Ovviamente, una scena immaginaria. Nella specie, tratta dal *Giulio Cesare* di Shakespeare. La sorpresa è inevitabile. I Lupercali non fanno parte del bagaglio medio di cultura classica. Shakespeare sembra possedere una cultura quasi specialistica.
Nel *Mercante di Venezia* l'usuraio Shylock, per intercessione del mercante Antonio, concede un prestito al nobile Bassanio, con l'accordo che, in caso di mancato pagamento del debito, potrà pretendere una libbra di carne di Antonio. Una trovata per far colpo sul pubblico, senza dubbio. Ma – di nuovo – ispirata a una pratica romana (questa volta giuridica), nota solo agli esperti della materia: nei primi secoli di Roma, il debitore insolvente veniva ucciso, e il suo cadavere, tagliato a pezzi, veniva distribuito tra i creditori.
Sono tanti i modi in cui il mondo romano entra a far parte dell'immaginario moderno.

*Eppure, quante coppie felici...*

A questo punto è chiaro: per capire il matrimonio romano bisogna dimenticare il nostro modo di intendere il matrimonio e i rapporti tra coniugi. A Roma, le norme giuridiche e sociali non consentivano nemmeno il formarsi di concetti come quello moderno di coppia.

Eppure, le fonti – di ogni genere, dalla letteratura alla storiografia, dalle epigrafi funerarie ai graffiti – ci parlano di matrimoni felici, ben assortiti, di mogli devote ai mariti e mariti devotissimi alle mogli. Sono davvero convincenti, queste fonti? Non tutte, e non sempre. Quelle che propongono degli "esempi", lo abbiamo visto, sono solo propaganda. Poco attendibili anche le epigrafi funerarie – più o meno come gli odierni necrologi, dove ogni moglie e ogni marito sono indimenticabili, la loro scomparsa un dolore immenso, e il coniuge superstite assolutamente inconsolabile.

Ma ciò non toglie che, da alcune fonti, si venga a sapere di coniugi uniti non solo da un blando affetto coniugale, ma, a volte, da un legame anche sessuale. Tra queste fonti, ecco venire subito in primo piano i graffiti pompeiani.

All'interno della Basilica – un edificio destinato all'amministrazione della giustizia – una coppia di coniugi ricorda che il suo amore è durato sino alla vecchiaia: "Soave è l'amore al nostro animo e al languor della vecchiaia...".

Una moglie, di cui ignoriamo il nome, tiene a far sapere: "Non venderei mio marito per tutto l'oro del mondo".

Probabilmente vergato in occasione di un prossimo o appena celebrato matrimonio, ecco un augurio: "Eulalio, che tu possa stare bene in salute con tua moglie Vera, e che tu possa fotterla bene". Se così andarono le cose, poi, non sappiamo: ma è interessante notare che questo era quanto, nella specie, si augurava a un amico che si sposava. E che qualche volta ciò si verificasse anche all'interno di un rapporto matrimoniale, sembra potersi desumere dal fatto che due coniugi decisero di incidere sul muro alle spalle del loro letto i rispettivi nomi: "Lucio Clodio Varo e sua moglie Pelagia". Presumibilmente, erano legati da una buona intesa fisica. In caso contrario, perché darsi la pena di scriverlo proprio in quel luogo?

Nel complesso, insomma, la vita coniugale dei pompeiani appare per così dire "moderna". I matrimoni, sembrerebbe, venivano conclusi tra persone che desideravano farlo, che si aspettavano – e dai quali ci si aspettava – una vita amorosa soddisfacente; e come abbiamo visto a volte gli interessati confermano che in effetti essa è stata tale. Forse, non a caso.

Le iscrizioni pompeiane, infatti, serbano tracce di matrimoni tra persone appartenenti a classi sociologicamente e geograficamente lontane dal potere, e quindi libere dalle convenienze sociali, economiche e politiche che impedivano che i matrimoni tra gli esponenti delle classi più alte fossero determinati dalla passione amorosa o dalle affinità tra gli sposi. Non può sorprendere, dunque, che esse rivelino l'esistenza di un certo numero di famiglie più vicine, per alcuni versi, a quelle di oggi, con mariti e mogli legati da sentimenti di solidarietà e affetto, e a volte anche da una buona intesa fisica.

Benché non diano certamente un quadro generale dei rapporti coniugali dell'epoca, i documenti pompeiani non possono e non devono essere ignorati. Il che non significa, peraltro, che possano essere generalizzati. Essi sono opera, o parlano, di persone che appartengono più o meno a un'unica classe sociale (che oggi chiameremmo medio-bassa) e che vivevano in una cittadina di provincia. Di conseguenza, non forniscono una risposta valida per tutto il mondo romano. Ma i rapporti che lasciano intravedere, tuttavia, non sono solo quelli tra i coniugi pompeiani. È possibile, per non dire probabile, che i matrimoni della città vesuviana non fossero molto diversi da quelli di altre realtà urbane italiche, purtroppo al momento sconosciute. Per saperne di più, non resta che sperare in futuri ritrovamenti archeologici.

### *Altri amori in famiglia*

Piacesse loro, o non piacesse affatto l'idea di sposarsi, una volta presa moglie i romani "dovevano" amarla. E a modo loro la amavano. Niente di simile a una passione amorosa, beninteso. Dopo quanto abbiamo visto sarebbe quasi superfluo dirlo, se al quadro già delineato non valesse la pena aggiungere un altro particolare: nell'etica cittadina si arrivava a guardare con sospetto le passioni coniugali: "È male," diceva Seneca, "amare la propria moglie come se fosse un'amante". L'amore tra marito e moglie doveva essere un affetto fatto di solidarietà e rispetto reciproco. E lo era, se i coniugi rispettavano i ruoli e le regole. Il che, peraltro e naturalmente, non sempre accadeva. Ma su questo torneremo. Prima di occuparci di chi disattendeva le regole, dobbiamo completare il quadro degli amori familiari dovuti, che naturalmente non si esaurivano in quello tra marito e moglie.

Allora come oggi, oltre a presumere che esistesse l'amore coniugale, si presumeva che i genitori amassero i figli, che i figli amassero i genitori e che i fratelli si amassero fra loro: allora come oggi si parlava di amore paterno, materno, filiale e fraterno. Ma anche in questi casi, come nel caso dell'amore coniugale, il sentimento che legava tra loro padri, madri, figli e fratelli era diverso da quello che li lega, o dovrebbe legarli, oggi. Come appare in modo chiaro e inequivocabile se ci si sofferma, sia pur rapidamente, sulla natura e la struttura della famiglia romana. E a questo punto è indispensabile farlo.

## *Quale famiglia? Padre padrone*

La famiglia, com'è evidente, è l'istituzione che, in qualunque società, ha un ruolo determinante nella fenomenologia degli affetti. Senza conoscerne la struttura, ogni discorso sui rapporti affettivi tra i suoi membri resta esclusivamente ideologico. La famiglia romana, infatti, era radicalmente diversa dal gruppo di persone che oggi definiamo con questo termine, quale che sia il senso che gli diamo tra i tanti in cui oggi esso viene usato: da famiglia patriarcale a famiglia nucleare, da famiglia mista o composta a famiglia di fatto, e via dicendo.

Quello che accomunava i membri di una *familia* romana non era un legame di parentela, affinità o affetto. Era la comune sottoposizione a un capo, che esercitava il suo potere, oltre che sui componenti di stato libero del gruppo (figli e figlie, nipoti e pronipoti, moglie e mogli dei discendenti), anche sugli schiavi. E per parecchi secoli i poteri su figli e schiavi non furono molto diversi, nei contenuti.

Quel che faceva la differenza, tra figli e schiavi, era il fatto (peraltro importantissimo) che alla morte del capofamiglia gli schiavi – in quanto parte del patrimonio – divenivano di proprietà degli eredi dell'ex padrone, mentre i figli a un certo punto della loro vita (vedremo poi quale) uscivano dalla sottoposizione al potere paterno e, come dicevano i romani, diventavano "di diritto proprio".

Un momento, quello in cui diventavano "di diritto proprio", per capire la cui importanza è necessario, per cominciare, specificare l'estensione dei poteri paterni, in parte (anche se non interamente) elencati da una legge attribuita a Romolo: il padre – diceva la legge – poteva incarcerare i figli, percuoterli, costringerli a lavorare nel proprio fondo, venderli e ucciderli.

Poteri non da poco, oggi impressionanti: ma assolutamente scontati a Roma, ove l'autorità dei capifamiglia era considerata il vero fondamento della stabilità sociale e dell'ordine politico. Come rivela un'altra caratteristica, la più importante e la più tipica, della patria potestà romana: a differenza del potere genitoriale moderno (attenzione, "genitoriale" solo a partire dalla riforma del diritto di famiglia del 1975; sino a quel momento, solo "patria potestà"), a Roma il potere sui figli non cessava nel momento in cui questi raggiungevano la maggiore età. Dalla sottoposizione al padre, essi uscivano solo nel momento in cui il padre moriva. Finché era in vita, il suo potere era così grande che se vendeva un figlio come schiavo, e chi lo aveva acquistato donava al figlio la libertà, la potestà paterna riviveva automaticamente, quasi fosse un potere inscritto nell'ordine naturale delle cose: e il figlio non diventava affatto libero, ma ritornava automaticamente sotto il potere del padre.

Fu solo nel 450 a.C. – tre secoli dopo la fondazione della città, dunque – che la legge delle XII Tavole stabilì che se un padre vendeva tre volte il proprio figlio, questo veniva liberato dalla sottoposizione al suo potere. Anche dopo l'introduzione della nuova regola, dunque, perché la patria potestà si estinguesse ci volevano ben tre vendite.

E non è tutto. Al padre, accanto ai poteri elencati dalla legge attribuita a Romolo, spettava il potere di decidere se e quando i figli dovevano sposarsi, il potere di interrompere il loro matrimonio e – come se non bastasse – un potere dal contenuto economico, che pesava come un macigno sulla vita dei figli, soprattutto nel caso dei maschi: e ne vedremo subito le ragioni.

Lo stato, in materia di diritto privato, riconosceva la capacità di essere titolare di diritti solamente ai capifamiglia. I figli maschi al raggiungimento della maggiore età acquistavano la capacità di diritto pubblico: potevano partecipare ai comizi, votare e ricoprire cariche pubbliche. Ma, essendo sottoposti al potere paterno (come sappiamo, senza limiti di età), accanto agli altri inconvenienti legati a tale sottoposizione continuavano a non possedere un patrimonio proprio: anche se, mettiamo il caso, erano diventati consoli.

Per dirla in modo più brutale, i figli non avevano una lira che fosse veramente loro. Tutto quello che avevano era una somma di danaro, detta *peculio*, che il padre dava loro perché ne disponessero liberamente e che, benché socialmente considerata dei figli, rimaneva di proprietà del padre: al quale, dunque, nulla impediva, se voleva, di revocarla.

Standò così le cose, è evidente che i rapporti padre-figlio

erano molto diversi non solo da quelli odierni, ma anche da quelli con le figlie femmine, che per lo meno – non avendo alcuna capacità di diritto pubblico – non vivevano il difficile conflitto di ruoli che caratterizzava la vita dei loro fratelli. Ed è per questo – per la loro particolare complessità – che nelle pagine che seguono concentreremo l'attenzione sui rapporti tra padri e figli maschi.

## *Uccidere il padre: una nevrosi nazionale*

Secondo un grande storico di Roma che abbiamo già citato, Paul Veyne, la contraddizione tra la capacità pubblica e la subordinazione domestica dava luogo, nei rapporti tra padri e figli, a una tensione così intollerabile da ingenerare una vera e propria nevrosi nazionale: quella del parricidio. Un'ipotesi che, a prima vista, può sembrare eccessiva, ma che, alla luce delle fonti, si rivela tutt'altro che infondata. Come dimostrano, per cominciare, due celebri processi intentati contro due uomini accusati di parricidio: il primo si chiamava Sesto Roscio Amerino, il secondo Macedone.

Il processo contro Sesto Roscio Amerino venne celebrato nell'80 a.C. A difenderlo, l'avvocato più famoso di Roma: Cicerone. La linea difensiva fu semplice: Sesto Roscio Amerino non aveva alcuna ragione per uccidere il padre: "Tu dici che il mio cliente ha commesso parricidio?" disse Cicerone. "Ma dimmi: che tipo di persona è questo mio cliente?... È stato forse indotto al crimine dal desiderio di inseguire i piaceri più folli, o spinto da debiti immensi e sfrenate passioni?... Ma se non ha quasi mai partecipato a un banchetto, e per quanto riguarda i debiti, non ne ha mai avuto uno! Aveva forse altre possibili ragioni? L'accusa dice che il padre voleva diseredarlo. Ma questo è falso, il padre non ne aveva alcuna intenzione."

Il ragionamento di Cicerone è chiaro: chi uccide il padre

lo fa perché ha un bisogno disperato di entrare in possesso del patrimonio di questi. Le ragioni possono essere varie: può volersi dare ai divertimenti e alle spese più folli; può essere oberato dai debiti e vittima degli usurai; può temere che il padre lo diseredi (le ragioni, né più né meno, che abbiamo individuato come causa delle maggiori tensioni tra padri e figli). Ricordando ai giudici che il suo cliente non si trovava in alcuna di quelle situazioni, Cicerone contava di dimostrarne l'innocenza: perché avrebbe dovuto uccidere il padre, se non aveva alcuna ragione per farlo?

E ora veniamo a Macedone. Ormai adulto, considerato che il padre era ancora in vita, Macedone era cronicamente a corto di danaro: la somma che il padre metteva a sua disposizione non gli consentiva il tenore di vita al quale si era abituato e al quale non aveva alcuna intenzione di rinunciare.

Che fare? Come tutti i suoi concittadini che si trovavano in analoga situazione, Macedone cominciò a chiedere danaro a credito, pensando che avrebbe pagato il debito alla morte del padre. Ma questi, nonostante l'età, tardava a lasciare questo mondo, e il creditore di Macedone, che non aveva immaginato di dover attendere tanto, cominciò a chiedere insistentemente di essere pagato. Cosa impossibile, ovviamente, finché il padre era in vita. Macedone non aveva altra scelta. Doveva uccidere il padre: e lo uccise.

Questa la vicenda che i romani citavano quando volevano spiegare la ragione per cui, sotto Vespasiano (69-79 d.C.), era stato emanato un senatoconsulto (chiamato appunto "macedoniano") in forza del quale chi concedeva un prestito a un figlio non aveva il diritto di esigerne la restituzione nemmeno dopo la morte del padre di lui. Il lusso e la libidine – scrive Svetonio – si erano diffusi al punto da rendere necessario correre ai ripari.

## *Dal desiderio alla sua realizzazione*

A quanto pare, il senatoconsulto macedoniano non fu molto efficace. A distanza di alcuni secoli, l'imperatore Giustiniano ricorda nelle sue *Istituzioni* (siamo nei primi decenni del VI secolo d.C.) che "frequentemente coloro che erano oppressi da debiti insidiavano la vita dei loro genitori".

"Frequentemente," dice Giustiniano. E pare proprio che avesse ragione, con riferimento non solo ai suoi tempi, ma anche a quelli precedenti.

Torniamo indietro di alcuni secoli: attorno al 55 a.C., una legge aveva stabilito che venisse punito come parricida il figlio che aveva comprato del veleno allo scopo di uccidere il padre, anche se poi non glielo aveva somministrato.

Secondo Tacito, l'imperatore Claudio (41-54 d.C.) aveva comminato molto spesso la "pena del sacco", vale a dire il famoso e terribile supplizio previsto per il parricidio (sul quale torneremo fra breve). E Seneca specifica: Claudio aveva chiuso nel sacco tanti parricidi che questa pena era diventata più frequente della crocifissione.

In un passo di Ulpiano (siamo nel III secolo d.C.) leggiamo che "va punito come parricida anche colui che dà del danaro in prestito a un figlio, sapendo che questi intende usare il danaro per acquistare veleno o per assoldare un sicario, al fine di uccidere il padre".

Ripensando a quanto abbiamo visto, è difficile pensare che Paul Veyne esageri quando parla di nevrosi nazionale. Anche a prescindere dal numero effettivo dei parricidi realmente perpetrati (peraltro difficile, forse impossibile, da stabilire), il pensiero del momento in cui il padre sarebbe morto era ricorrente, per non dire sempre presente nella mente dei figli romani. Non sempre, è ovvio, era legato all'idea di uccidere davvero il padre. Non necessariamente era un vero e proprio desiderio omicida: il più delle volte, probabilmente, era un desiderio più o meno consapevole che la natura facesse il suo corso. Nella grande maggioranza dei casi, il parricidio restava al livello dell'inconscio (o del sogno). Ma ciò non impediva che i padri, essendone più che consapevoli, fossero inquieti, preoccupati, temessero i pensieri, i desideri e a volte le azioni dei figli.

Una situazione singolare e difficile, in verità. Per tutti, per i padri come per i figli. Sarebbe veramente un errore pensare di poter capire i rapporti tra padri e figli romani senza tenerla presente. Prima di passare a un altro argomento però, è necessario dedicare qualche parola alla pena, cui abbiamo già accennato, prevista per il parricidio.

### *La pena del sacco*

Una pena, ma anche un rito lungo e complesso, il cui primo atto consisteva nel chiudere il condannato in un sacco in compagnia di un cane, un gallo, una vipera e una scimmia (le scimmie, allora, erano presenti nel Mediterraneo. Il nome greco dell'isola di Ischia, Pitecusa, significava appunto "isola delle scimmie").

Secondo atto: il sacco, preventivamente ricoperto di pece, veniva issato su un carro trainato da un bue nero e condotto sulle rive del Tevere (in età più avanzata, del mare o del più vicino corso d'acqua).

E qui – terzo atto – il reo, sempre chiuso nel sacco, vivo o cadavere che ormai fosse, veniva gettato nelle acque.

Ma la particolare crudeltà dell'esecuzione non basta a rendere conto delle cautele che, circondando la morte del parricida, segnalavano tutto l'orrore del suo crimine.

Non appena la sentenza di condanna era stata pronunciata, il reo, in attesa che fosse preparato il sacco, veniva condotto in prigione con il capo coperto da una pelle di lupo e con i piedi calzati in zoccoli di legno, dopo essere stato fustigato con verghe ricavate da un tipo particolare di alberi, considerati sacri agli dèi inferi.

Senza addentrarci nei diversi tentativi di spiegare i singoli gesti che accompagnavano l'esecuzione, basterà segnalare che essi avevano in primo luogo un valore simbolico, destinato a evitare, ancor prima della sua morte fisica, ogni contatto tra il parricida e il resto del cosmo; e, in secondo luogo, erano volti ad assicurare – dopo la sua morte – l'eliminazione di ogni traccia della sua esistenza.

Oltre che per la crudeltà, insomma, l'esecuzione riservata al parricida si segnala per la singolarità. Ridotta ai suoi atti più essenziali (chiudere il condannato in un contenitore che viene successivamente calato in acqua), rimanda infatti ad altre esecuzioni in uso nell'antichità. Ma mai, in nessun altro paese, a quanto è dato sapere, insieme al colpevole si condannavano a morire delle bestie. Naturalmente, nell'antichità l'animalismo non esisteva e sarebbe assurdo attribuire ai romani una sensibilità verso gli animali analoga a quella che abbiamo oggi. Il problema, dunque, non è la crudeltà verso le bestie, ma la funzione e il significato della loro inclusione nel sacco. Qual era lo scopo, e perché *quelle* bestie e non altre?

Cominciamo dalla seconda domanda e poniamocene subito un'altra: è possibile che gli animali individuati avessero delle caratteristiche fisiche o simboliche che li rendevano particolarmente idonei ad accompagnare il parricida verso la morte?

*Il bestiario del parricida.* Il cane, nell'antichità, salvo rare eccezioni (il cane Argo, ad esempio, che a Itaca attende per vent'anni il ritorno del padrone Ulisse, e quando questi rientra in patria lo vede, lo riconosce e muore finalmente felice), era un animale disprezzatissimo.

Nell'*Odissea* Elena, pentita di aver scatenato la guerra abbandonando il marito e fuggendo a Troia con il bellissimo Paride, si vergogna di sé e parla dei suoi "occhi di cagna". Cambiando epoca e luogo, Agostino scrive che il cane, "disprezzabile e ignobile", è "l'ultimo degli animali e delle bestie".

Il gallo nell'antichità era noto per la sua ferocia: secondo Plinio, è talmente battagliero da terrorizzare persino i leoni. Presumibilmente, le sue beccate aggiungevano tormento al supplizio del condannato. Più difficile individuare il suo valore simbolico. Si è detto: il canto del gallo annuncia la luce, il parricida ha ucciso chi gli ha dato la luce. Superfluo sottolineare quanto la spiegazione sia forzata. Meglio rinunciare.

Più facile invece, sul piano simbolico, trovare una ragione per l'inserimento della vipera. Secondo Plinio, la vipera partorisce una vipera al giorno per venti giorni: "Le altre quindi, spazientite dall'attesa, escono dal fianco della madre, uccidendola".

Ancor più facile spiegare la simbologia della scimmia, collegata al parricida da una duplice metafora: secondo Plinio, questi animali amavano a tal punto i figli neonati da soffocarli nel loro abbraccio. Inoltre, per la loro somiglianza all'uomo, ne erano considerate un'orribile caricatura: "Quanto ci è simile la scimmia, bestia turpissima," scrive Ennio. E Cicerone: "La scimmia è un uomo che non vale un soldo".

Anche se incerte e incomplete, le spiegazioni simboliche possono dare un senso alla scelta degli animali. Accanto a esse esiste però un'altra spiegazione, più semplice ma non per questo da sottovalutare: certamente, al di là di ogni altra considerazione, la presenza degli animali aveva lo scopo di aggravare il tormento del condannato. Erano un tormento aggiuntivo, nato nella fantasia popolare e facilmente praticabile: il cane, il gallo e la vipera erano animali molto facili da reperire. L'unico animale che si può immaginare non fosse sempre reperibile era la scimmia. Ma l'indicazione degli animali non era tassativa. L'esecuzione poteva aver luogo anche con tre, e non quattro, bestie.

Infine, accanto alle funzioni fin qui esaminate, l'inclusione degli animali ne aveva una terza: immaginiamo che un giorno il sacco, portato dalla corrente, fosse spinto a terra, su una qualunque riva o spiaggia, in qualsivoglia paese, e qualcuno lo trovasse e lo aprisse... il singolare miscuglio di ossa che vi erano contenute serviva a segnalare al ritrovatore che le ossa umane appartenevano a un parricida. Un po' come il fiore o il limone in bocca nelle esecuzioni mafiose.

A questo punto, quel che siamo venuti a sapere sulla pena del sacco induce inevitabilmente a chiedersi: ma perché mai i romani escogitarono per questo crimine una pena così macchinosa, del tutto sconosciuta in altre società, al tempo stesso così misteriosa e spettacolare, e non si limitarono a mettere a morte il parricida con una delle esecuzioni capitali riservate agli altri criminali? La risposta sta in quanto abbiamo sin qui visto: per le inquietudini, i timori, le angosce che il rapporto padri-figli ingenerava.

Non era facile, la famiglia romana. Non era un'isola felice, definizione che spesso si usa per la famiglia, collocandola al di fuori della storia. Idealizzarla, come si tende a fare con le cose del passato più o meno lontano, sarebbe veramente un errore.

### *Madri e figli: "Questi sono i miei gioielli"*

Difficile, quasi impossibile, parlare del rapporto tra la madre e i figli romani senza citare l'esempio di Cornelia, madre dei Gracchi. Donna dalle qualità straordinarie e dalla vita esemplare, godeva della generale ammirazione. Ma le notizie su di lei, a ben vedere, per quanto riguarda la sua vita prima del matrimonio sono scarse, per non dire inesistenti. Così come quelle sul suo rapporto con il marito.

Figlia di Scipione Africano, il vincitore di Annibale, Cornelia era cresciuta in un ambiente colto e stimolante, e – su questo abbiamo una testimonianza – aveva ricevuto un'educazione che aveva fatto di lei una donna di cultura straordinaria: le sue conoscenze filosofiche erano tali, scrive Gerolamo, che persino Carneade accettava di partecipare a dispute filosofiche in sua presenza, nonostante fosse una donna.

Giunta all'età matrimoniale, era stata data in sposa a Tiberio Sempronio Gracco. Una delle tante unioni combinate, nella specie per stabilire un legame tra la famiglia degli Scipioni e quella dei Semproni: se fu felice non sappiamo, possiamo però presumere che lo sia stata, quanto meno nel modo in cui i romani intendevano la felicità coniugale. Ma della vita di Cornelia quello che importa non è il rapporto con il marito, bensì quello con i figli: il rapporto che ha fatto di lei, a Roma e nei secoli, l'icona insuperata della madre.

Dopo aver partorito dodici figli (solo tre dei quali avevano raggiunto l'età adulta: i due tribuni ai quali deve la sua gloria, e Sempronia, moglie di Scipione Emiliano), Cornelia, rimasta vedova, nonostante le molte possibilità di risposarsi (si diceva che Tolomeo VIII l'avesse chiesta in moglie), si era dedicata ai due amatissimi figli maschi.

Secondo quanto scrive Cicerone nel *Bruto*, Tiberio Gracco doveva alla madre la sua ottima conoscenza del greco. E a lei ambedue i figli dovevano l'educazione ai sentimenti più alti e più nobili. I suoi meriti educativi erano tali, scrive Plutarco che "sembrò che in essi [nei fratelli Gracchi] l'educazione potesse più dell'inclinazione naturale alla virtù, che comunque, per comune riconoscimento, essi possedevano più di tutti i loro concittadini".

Pur non mancandole certo le possibilità, Cornelia condusse sempre una vita sobria, senza lusso ed esibizioni. Il suo unico interesse erano i figli, il suo unico obiettivo fare di loro dei veri romani. Altri desideri Cornelia non ne aveva: per sé, non desiderava abiti lussuosi, non voleva monili. Non ne aveva bisogno, le sue gioie erano altre: come ebbe a dichiarare, un giorno, con una frase diventata storica.

L'occasione le venne data quando una matrona campana, venuta a farle visita, le mostrò orgogliosissima tutte le sue gioie, che si diceva fossero le più belle allora esistenti. Cornelia, dopo aver cortesemente e doverosamente ammirato – narrano le biografie – intrattenne l'amica conversando sino al momento in cui i figli tornarono da scuola: "Questi sono i miei gioielli," disse allora fieramente, indicandoli. Con tutto quello che ciò significava, per lei e per la sua interlocutrice.

I gioielli, infatti, per una donna romana, non erano solo soddisfazione della vanità personale, non erano esibizione più o meno volgare di ricchezza: erano il simbolo dello status non solo economico, ma anche etico. Erano la "gloria" delle donne: gli uomini avevano le magistrature, le insegne, il potere; le donne avevano i gioielli, che testimoniavano del loro ruolo.

Per Cornelia però tutto questo passava in secondo piano, rispetto ai figli. E infatti, per suo volere, dopo la sua morte, sulla statua di bronzo eretta in suo onore venne scritto semplicemente: "Cornelia, madre dei Gracchi".

### *"Cocco di mamma"*

Un caso celebre, quello di Cornelia, un altro "esempio" che induce a riflettere e suscita molti interrogativi: era normale, a Roma, che una madre si occupasse personalmente dell'educazione dei figli e che ci tenesse tanto? Cornelia era vedova, si potrebbe pensare che questo ruolo le toccasse solo per questa ragione. Ma sarebbe sbagliato. A Roma, infatti, alle donne che rispettavano le regole del gioco era riconosciuto un ruolo non irrilevante, e il ruolo materno era particolarmente valorizzato, per non dire esaltato.

Da questo punto di vista, come da tanti altri, la cultura romana era molto diversa da quella greca, dove il ruolo di madre era solamente biologico. Le madri romane non erano semplici riproduttrici e il loro ruolo non si esauriva, nei primi anni di vita dei figli, in quello di nutrice e punto di riferimento affettivo: tra l'altro, sia detto incidentalmente, quando le condizioni economiche lo permettevano i bambini venivano spesso allevati, oltre che da nutrici, anche da "nutritori" di sesso maschile.

Il tipico rapporto della madre romana con i figli – in particolare, con i maschi – non si stabiliva nell'infanzia. Si stringeva a partire dall'adolescenza, ed era un ruolo di consigliera morale, mentore, custode dei valori civici, esempio che spronava ad affermare la parte migliore di sé. Le madri romane, in altri termini, contribuivano, accanto al padre, all'educazione della prole.

Il padre insegnava il mestiere di cittadino ai figli, conducendoli con sé alle pubbliche riunioni, e la madre lo affiancava nel difficile compito di trasmettere i valori di Roma, formare il carattere e proporre i modelli ai quali adeguarsi.

Se appartenevano alle classi alte, poi, in questa veste le madri erano particolarmente autorevoli, anche perché, essendo spesso economicamente indipendenti, potevano aiutare i figli nella carriera politica. Dalla quale, ovviamente, derivavano anch'esse prestigio, onori e orgogliosa consapevolezza di sé: come insegna, per tutti, lo abbiamo visto, il caso di Cornelia.

Non era da poco, insomma, il ruolo della madre romana. Ed era un ruolo che, inevitabilmente, richiedeva che le donne godessero di libertà di movimento, dell'accesso alla cultura e della partecipazione alla vita sociale. Come avrebbero potuto trasmettere i valori cittadini, se ne fossero state escluse? Era certamente, dunque, un ruolo impegnativo. Ma era, o quanto meno poteva essere, estremamente gratificante, e poteva offrire molti vantaggi. Il maggiore dei quali era un vantaggio psicologico, che rendeva la loro vita molto diversa (per tornare all'esempio di prima) da quella delle donne ateniesi.

Le donne romane si sentivano parte della città, sentivano di svolgere nell'interesse di questa un compito fondamentale. E sapevano che se lo avessero svolto sarebbero state ricompensate: sapevano che, se si fossero adeguate al modello, sarebbero state premiate dal rispetto, dall'ammirazione privata e pubblica, da onori che non venivano tributati ad altre donne dell'antichità.

I vantaggi che derivavano dall'adeguamento al loro ruolo, le donne romane li conoscevano bene, sin dal momento in cui la città era stata fondata. Il loro diritto a godere di grande rispetto – lo abbiamo visto – era stato sancito praticamente nel momento in cui era nata la città, con il ratto delle sabine. E con il procedere della storia cittadina, l'elenco dei privilegi (o onori) che venivano loro concessi era andato a legarsi sempre più esplicitamente al loro buon comportamento, al rispetto delle regole, all'aver ben meritato dalla città con le virtù morali e con il senso civico.

Primo esempio: nel 491 a.C. Coriolano marciava contro Roma a capo di un esercito di Volsci. Nessuno riuscì a convincerlo a desistere da questo proposito. Ma là dove avevano fallito magistrati e ambasciatori, riuscirono la madre Veturia e la moglie Cornelia. Il senato, per ricompensarle, stabilì che gli uomini cedessero per strada il passo alle donne, "dimostrando così che le loro stole erano state più utili alla Repubblica delle armi"; e le autorizzò a portare delle bende intorno alla testa e a indossare vesti di porpora e guarnizioni in oro.

Secondo esempio: nel 390 a.C., Roma, conquistata dai Galli, non possedeva oro sufficiente a pagare il prezzo chiesto dai vincitori per lasciar libera la città. A rendere la libertà a Roma furono le matrone, che offrirono tutto il loro oro. Di nuovo, meritavano un premio. Questa volta fu il diritto all'elogio funebre, sino a quel momento riservato agli uomini.

### *Intermezzo*
### *I gioielli, gloria e insegna delle donne*

Nel 215 a.C., in un momento socialmente e politicamente difficile, era stata votata una legge volta a evitare nelle strade l'esibizione troppo vistosa di ricchezza: le donne – stabiliva la legge, detta legge Oppia – non potevano portare addosso più di mezza oncia d'oro, non potevano indossare

vesti colorate in modo sgargiante, né circolare in carrozze a pariglie a Roma o in altra città, nel raggio di un miglio da essa, se non per recarsi alle cerimonie religiose pubbliche. Vent'anni dopo, nel 195, i tribuni della plebe proposero che la legge venisse abrogata e le donne scesero in piazza per sostenere la loro proposta. Il solito Catone, non per niente il Censore, si oppose recisamente: una vergogna per tutti, diceva, per i tribuni se l'avevano provocata, "e per noi, se saremo costretti ad accettare le condizioni imposte da una rivolta di donne, come un tempo fummo costretti ad accettarle dalla secessione della plebe".
Le donne paragonate alla plebe: per Catone il pericolo era gravissimo. Fu in quell'occasione che dichiarò, con frase diventata proverbiale, che alle donne non bisognava concedere la parità, perché "quando l'avranno, ci comanderanno". E proseguì nell'orazione – che, al di là della sua ben nota misoginia, rifletteva probabilmente anche il pensiero di un buon numero di concittadini – dicendo che "la nostra libertà è stata vinta in casa dalla intemperanza delle donne, e ora è messa sotto i piedi e calpestata anche qui, nel Foro. Non essendo stati capaci di resistere singolarmente alle nostre donne, dobbiamo ora temerle tutte assieme".
Per rendere consapevoli i concittadini della gravità della situazione, Catone non esitò a evocare il fantasma delle Lemnie, le abitanti dell'isola di Lemno che in una sola notte avevano sgozzato i mariti, imponendo un sistema matriarcale: "Io credevo che fosse una favola, quella degli uomini completamente oppressi in un'isola da una congiura di donne: ma non c'è nessun genere di viventi che non possa costituire un pericolo gravissimo, se gli si consente di riunirsi in assemblea, consultarsi e decidere segretamente". Il "genere di viventi" cui Catone alludeva erano naturalmente le donne, quelle che per sostenere la proposta dei tribuni erano scese in piazza in tal numero da rendergli difficile raggiungere il Foro.

Uno dei tribuni, invece, Lucio Valerio, affermava che l'abrogazione della legge Oppia non solo non avrebbe messo in questione la subalternità femminile, ma l'avrebbe rafforzata: una subalternità più gradita, che evitasse alle donne di sentirsi schiave – disse – le avrebbe rese più obbedienti e meno propense a intromettersi nelle decisioni maschili. E aggiunse: "Le donne non hanno né le magistrature, né i sacerdozi, né i trionfi, né le insegne, né il bottino di guerra: le loro insegne sono l'apparenza elegante, i monili, gli ornamenti. Questa è la loro gloria".
Valerio pensava, insomma, che, perché le donne non creassero problemi, bisognava accontentarle, dar loro riconoscimenti e gratificazioni. Ora che la ricchezza era aumentata, perché impedire loro di esibire i gioielli per le strade, ai giochi, a teatro? Se avessero riavuto le loro "insegne", le donne avrebbero obbedito spontaneamente, di buon grado. Era una tecnica antica, quella di gratificare le donne: così facendo, gli uomini conquistavano la loro solidarietà, e le rendevano loro complici nel compito di trasmettere ai figli i valori cittadini (superfluo a dirsi, tradizionalmente maschili). Una tecnica che, come la storia romana dimostra, ottenne gli effetti desiderati.

## *L'altra faccia della medaglia: il paradosso romano*

Consapevoli dei premi, dei vantaggi e degli onori che sarebbero derivati dall'adempimento dei loro compiti, le donne romane di regola condividevano i valori maschili. Esse accettavano – profondamente convinte della sua importanza – la costruzione maschile della loro immagine e del loro ruolo, e in veste di educatrici permanenti dei figli trasmettevano a questi i valori dei padri, e con essi la radicata e profonda convinzione che la divisione dei ruoli sessuali non potesse essere messa in discussione, quasi fosse inscritta nella legge di natura.

Evidentemente, i termini dello scambio implicito nel rapporto tra i sessi erano sufficientemente remunerativi, quanto meno per la maggioranza delle donne.

I romani, insomma, fecero sì che fossero le donne stesse a porre alla loro emancipazione dei limiti determinati dall'autocensura e dettati dal timore di perdere il consenso maschile e la credibilità sociale, con tutti i vantaggi che ne derivavano.

Ritenendo soddisfacente il *do ut des* che veniva loro proposto, le donne romane ne accettarono i termini, stabilendo con i figli un rapporto che chiudeva in sé un paradosso di cui solo da poco le donne hanno preso coscienza.

Custodi convinte e fedeli dei valori di una società di mogli e madri, le matrone romane, fiere educatrici dei figli, e fiere di ogni affermazione della virilità di questi (in una società dove, come sappiamo, virilità significava imposizione di un modello di sopraffazione), trasmettevano di generazione in generazione mentalità, princìpi e modelli di comportamento di un mondo in cui gli uomini, tenendo saldamente nelle mani il potere, alle donne lasciavano l'onore di elogi privati e pubblici, di esaltazioni e riconoscimenti verbali. Nessuna libertà, però, se questa entrava anche minimamente in conflitto con la rigorosa divisione dei ruoli sessuali.

Ma questo non toglie che il rapporto con gli uomini, forse per la prima volta nella storia occidentale, non fosse basato sulla pura e semplice oppressione. Era, quello romano, un modello di rapporto che si reggeva sui vantaggi reciproci. Un modello, va detto, di straordinaria intelligenza politica: come dimostra il fatto che, a differenza di quelli fondati sulla pura oppressione, ha scavalcato i secoli, per arrivare alle soglie della nostra era.

## 2.

# AMORI POSSIBILI

Accanto agli amori dovuti, ne esistevano altri "possibili": consentiti, tollerati senza essere biasimati. Ma solamente per gli uomini. Per le donne non c'erano vie di mezzo: gli amori o erano dovuti, o erano proibiti. Agli uomini invece era concesso intrattenere senza biasimo rapporti non dovuti, sia con donne diverse dalla moglie, sia con altri uomini.

Gli amori "eterosessuali" possibili (le virgolette stanno a ricordare, per l'ultima volta, che questo termine, così come "omosessuali" – entrambi del tutto inappropriati, per l'etica sessuale antica – viene usato solo per comodità) erano, tradizionalmente, quelli con le prostitute. Quelli omosessuali possibili – lo abbiamo già visto – erano quelli nei quali un cittadino romano si accoppiava con un altro uomo, a condizione che nel rapporto egli svolgesse il ruolo sessualmente attivo e che il partner non fosse un ragazzo romano.

## *Tra uomo e donna*

*La prostituzione femminile: il giudizio di Cicerone.* A Roma, già a partire dalla sua fondazione, i rapporti con le prostitute facevano parte della storia patria. Come abbiamo visto parlando degli amori "divini", Romolo e Remo, abbandonati in una cesta sulle acque del Tevere, si erano salvati perché allattati da una *lupa* (uno dei termini usati per indicare le prostitute) ed erano stati allevati da Acca Larenzia, che si diceva avesse accumulato notevoli ricchezze (poi lasciate in eredità al popolo romano) concedendo i suoi favori a pagamento. Una prostituta, dunque, aveva avuto un ruolo determinante nella fondazione della città.

Come riprovare i rapporti con le prostitute, del resto, considerando da un canto la strettissima regolamentazione cui era sottoposto il comportamento sessuale delle donne "oneste", e, dall'altro, l'autocelebrazione della prorompente virilità dei romani? Qualche sfogo era pur necessario. A consentirlo, era prevista l'esistenza di un'apposita categoria di donne, intrattenersi con le quali era non solo lecito, ma addirittura lodevole. A darne autorevole conferma, ecco quel che pensava Cicerone, cui l'occasione di manifestare pubblicamente le sue opinioni in proposito venne offerta da un celebre processo, seguito appassionatamente da tutta Roma.

Clodia (la Lesbia a suo tempo amata da Catullo) era stata chiamata a testimoniare in un processo contro Celio, di cui Cicerone aveva assunto la difesa. Secondo l'accusa, Celio le aveva sottratto dei gioielli e aveva tentato di avvelenarla. Ma Cicerone voleva dimostrare che la sua testimonianza era falsa e comunque inattendibile, e a questo scopo cominciò, con grande impegno, a cercare di provare che Clodia era una donna di malaffare.

Certo, disse, non lo nego, il mio cliente ha avuto una relazione con lei. Ma questo non significa nulla: forse che il giovane Celio può essere biasimato, per questo?

La domanda, rivolta al folto pubblico che affollava l'aula, era naturalmente retorica, e di effetto più che sicuro. Cicerone lo sapeva perfettamente, e concluse: "Se a qualcuno venisse in mente di vietare ai giovani di avere rapporti con le prostitute, ebbene, costui andrebbe contro quanto era concesso ai nostri antenati. Quando mai infatti frequentare le prostitute non è stata un'abitudine? Quando mai quest'abitudine è stata biasimata? Quando mai non è stata permessa?".

Così Cicerone. Non diverso, in questa sua convinzione, dal severissimo Catone, che un giorno, nel racconto di Orazio, vedendo un giovane uscire da un lupanare lo lodò perché, sfogando la sua libidine in quel luogo, aveva evitato di mettere a repentaglio la virtù delle mogli altrui.

La prostituzione, insomma, era una professione socialmente utile: e come tale godeva anche di una certa protezione, sulla quale torneremo più avanti.

*I nomi per dirle, come riconoscerle. Lupa* non era il solo nome che indicava chi si prostituiva. Un altro nome era *scortum* (termine di genere neutro, dalla etimologia oscura, che indicava anche i prostituti di sesso maschile). Inoltre, dal verbo *merere* (meritare, guadagnare) esse venivano dette "meretrici" (*meretrices*).

A volte, erano indicate con nomi che segnalavano il luogo o le ore in cui lavoravano: se cercavano clienti passeggiando nelle strade erano dette "passeggiatrici" (*ambulatrices*, da *ambulare*, "passeggiare") o "circolatrici" (*circulatrices*); se lavoravano sotto i ponti erano dette "fornicatrici" (da *fornices*, "ponti"); se esercitavano di notte erano "lucciole" (*noctilucae*); se frequentavano le vie dove si trovavano i sepolcri, al di fuori delle mura, erano dette "tombarole" (*bustuariae*, da *bustum*, "tumulo, tomba").

Come che venissero chiamate, comunque, e quale che fosse il livello al quale esercitavano il mestiere, le prostitute erano immediatamente riconoscibili. A differenza delle matrone, la cui veste tipica era la stola, quando uscivano indossavano la toga, una veste maschile che lasciava scoperte le ginocchia, e avevano i capelli tinti di rosso, o portavano una parrucca di questo colore, che spesso diventava un nome di battaglia.

Molte prostitute infatti si facevano chiamare "rossa" (Rufa), o Rufilla, Rufilia e altri diminutivi di Rufa. E il termine era poi passato, per metonimia, a indicare tutte le donne che esercitavano questo mestiere.

E veniamo ai modi e ai luoghi più o meno istituzionali dell'esercizio della prostituzione: se non cercavano i clienti ed esercitavano nelle strade (spesso ai *trivii*, vale a dire agli incroci) o all'interno delle loro case, le prostitute lavoravano nei lupanari (ovviamente da *lupa*) o in locali appositi detti "celle" (*cellae meretriciae*), annessi a taverne, negozi, o case di proprietà di chi le sfruttava.

*Pompei, "città dell'amore"?* I bordelli erano un'istituzione che non mancava in nessuna città romana. A Roma, certamente, ne esisteva un buon numero. Ma la città nella quale è rimasta la traccia più evidente e più celebre della loro presenza è Pompei. Circostanza, questa, che ha dato alla cittadina campana la fama del tutto immeritata di "città dell'amore" (nel senso, appunto, di città particolarmente fornita di lupanari).

Secondo quanto si diceva sino a una ventina di anni or sono, infatti, era altissimo il numero delle prostitute che vi lavoravano, sia in proprio, sia alle dipendenze dei lenoni o delle maîtresse. Secondo alcune stime, addirittura il 58 per cento delle donne il cui nome è documentato nella città sarebbero state prostitute o cameriere che per arrotondare il salario si vendevano abitualmente.

Ma questi calcoli erano basati su metodi di analisi assai discutibili. In primo luogo, infatti, si classificavano come prostitute tutte le donne il cui nome è scritto nei locali pubblici, e in particolare nelle taverne e nei negozi.

Facciamo un esempio: sul muro di un locale sulla via dell'Abbondanza, dove si vendevano bevande calde (*thermopolium*, una specie di bar dell'epoca), un graffito invita gli avventori a votare per un tal Caio Lollio Fusco, candidato a una magistratura cittadina. A firmare il manifesto elettorale sono le *Asellinae*, vale a dire le donne che lavoravano nel locale, gestito da tal Asellina e probabilmente di sua proprietà. Ebbene, dato che Asellina significava "asinella" (soprannome certo non adatto a una matrona), un tempo era dato per certo che sia lei sia le "asinelle" fossero prostitute: ma senza alcuna prova. Anche se non è possibile escludere che alcune delle ragazze che lavoravano in questo tipo di locali integrassero il loro stipendio concedendosi a qualche avventore, questo non significa che fossero prostitute di mestiere.

Analogo discorso va fatto per le ragazze che animavano la vita teatrale pompeiana.

Nel mondo romano esistevano delle attrici (anche se non potevano recitare nelle tragedie e nelle commedie, ma solo nelle pantomime e nei mimi), della cui presenza a Pompei è rimasta traccia sui muri della città, dove passavano e si esibivano: ad esempio, una certa Mete, attrice della "atellana" (un tipo di commedia di origine italica, così chiamata da Atella, in Campania) e una tal Istrionica Attica, della compagnia di Aniceto.

Forse era un'attrice anche una certa Novella Primigenia, evidentemente nota nel circondario ("cerca Novella Primigenia a Nocera, in vicolo Venerio, presso Porta Romana," suggerisce un graffito). In uno dei sepolcri fuori Porta Nuceria, infatti (accanto a una serie di graffiti di saluto di una compagnia di attori girovaghi, dai nomi chiaramente d'arte, come ad esempio *Cerebrimotus*, "andato di testa", o *Petroselinus*, cioè "prezzemolo"), leggiamo: "Alla nocerina Primigenia salute. Vorrei essere la gemma [del tuo anello] per non più di un'ora per darti i baci che vi ho impresso". Primigenia, insomma, era una di quelle attrici che, spostandosi di città in città, giungevano a Pompei per esibirsi nei locali teatri. Forse apparteneva a questo genere anche una certa Cestilia, salutata come la regina dei pompeiani: "Cestilia, regina dei pompeiani, anima dolce, salve!".

Ma né Primigenia, né Cestilia e le altre come loro, erano prostitute di mestiere, come un tempo si usava classificarle. Le prostitute di Pompei, insomma, erano assai meno di quanto un tempo si pensasse.

*I bordelli: quanti erano, come erano.* A moltiplicare (erroneamente) il numero delle prostitute di Pompei ha contribuito anche un'errata interpretazione delle tracce archeologiche. In passato si usava classificare come lupanare o "cella" adibita al meretricio qualunque locale nel quale, o nelle vicinanze del quale, si trovasse un dipinto, un bassorilievo o un graffito audace o pornografico. Di conseguenza – data l'abbondanza di simili segni – una ventina di anni fa si era arrivati a individuare in città una quarantina di luoghi nei quali si sarebbe esercitata la prostituzione. Ma gli studi recenti hanno drasticamente ridimensionato questo numero.

Di veri e propri bordelli, appositamente costruiti per essere tali, in realtà a Pompei ne esisteva solo uno (secondo alcuni, due), e le "celle" pare fossero in tutto nove.

Sicuramente era un lupanare il locale situato nel vicolo per questo detto "del Lupanare", all'angolo con via del Balcone Pensile.

Gestito da due lenoni di nome Africano e Vittore, il locale (la cui destinazione originaria a lupanare è provata dall'organizzazione e dalla disposizione dei locali) era composto di due piani. Al piano inferiore, fornito di due ingressi, si trovavano una latrina e cinque cubicoli, vale a dire piccoli locali con letti in muratura, ornati all'esterno da pitture erotiche, che illustravano varie modalità di accoppiamento. Al piano superiore, cui si accedeva da una scala di legno, più ampio di quello inferiore, si trovavano altri cinque cubicoli.

Nel locale, come rivelano i graffiti, lavoravano circa venti ragazze, di alcune delle quali conosciamo le specializzazioni o le preferenze: Mirtide, ad esempio, praticava il sesso orale, così come Mirtale. Delle altre conosciamo solo il nome, a volte tipicamente romano (Fabia, ad esempio, o Ianuaria), altre volte invece greco: in alcuni casi presumibilmente pseudonimi, che avevano lo scopo di colorare di esotismo prestazioni più caserecce di quel che i nomi promettevano. *Panta* (che in greco vuol dire "tutto") sembra volersi presentare come disposta a esaudire qualunque richiesta; *Callidrome* (*dromos* era la corsa di cavalli, *kalos* significa "bello") vantava di essere una buona cavalcatrice; *Nica* (in greco, "vittoria") voleva forse far credere di saper vincere tutte le battaglie d'amore.

Africano e Vittore, insomma, avevano organizzato un buon commercio, che presumibilmente attirava una vasta clientela, in parte fissa, in parte composta dai visitatori della città.

Più modesto del loro locale, nel vicolo dei Soprastanti ne esisteva un altro formato da due stanze, ciascuna con un'entrata dalla strada, da ognuna delle quali si accedeva al piano superiore. Fosse o non fosse un vero lupanare (alcuni esprimono delle perplessità), si trattava comunque di uno dei luoghi in cui lavoravano delle prostitute.

E poi vi erano le ragazze che offrivano le loro prestazioni nelle "celle", prevalentemente collocate nella zona del bordello, a est del Foro, in una zona un po' appartata, su strade secondarie, lontane da quelle più frequentate.

Altre lavoravano in locali situati in diverse zone della città: uno vicino alle terme centrali, gestito da un tal Somene; un altro, gestito da un tal Amando, dove, su un muro, un certo Messio lasciò scritto: "Qui Messio non ha fottuto". Chissà, forse il prezzo richiesto era troppo alto, forse le ragazze disponibili non gli piacevano. Difficile pensare alla registrazione di una défaillance: conosciamo troppo bene la reazione a simili incidenti.

Tra le ragazze che lavoravano nel vicolo del Labirinto, vicino a Porta Vesuvio, una certa Timele viene definita "fellatrice" e "culona" (*extaliosa*): un complimento o un insulto?

La prostituzione, insomma, era diffusa a Pompei. Ma non più che altrove, presumibilmente. Né, del resto, si capisce perché avrebbe dovuto esserlo. Da questo punto di vista è una città che può essere considerata tipica, nel mondo romano.

*I prezzi.* E ora veniamo ai prezzi. Quello più basso, che collocava automaticamente chi lo chiedeva ai livelli infimi della gerarchia professionale, era due assi (mezzo sesterzio, l'equivalente di un bicchiere di vino): questo, ad esempio, era quel che chiedeva Laide, un'esperta di sesso orale, che in un edificio nel Foro (un importante edificio pubblico, dove forse si teneva il mercato della lana, e dove forse Laide lavorava) avverte i potenziali clienti che "Laide lo succhia per due assi".

Apriamo una parentesi: vi era, dunque, anche chi si vendeva negli edifici e nei luoghi pubblici. Come, per citare un altro caso, Lucilla: lei esercitava nella Basilica, sul cui muro si legge: "Qui Lucilla si vendeva".

E torniamo ai prezzi. Due assi, di nuovo, è la somma richiesta dalla greca Eutiche "dalle belle maniere". Altre si vendevano per poco più, due assi e mezzo o tre. Sempre a livelli molto bassi, dunque, non diversamente da chi si vendeva per quattro assi. Volendo insinuare che era una prostituta delle più spregevoli (oltre che un'assassina), di Clodia-Lesbia Cicerone diceva, appunto, che era una Clitennestra "quadrantaria": da quattro soldi, diremmo oggi.

Alcune, però, erano molto costose. Una Speranza (*Spes*), che si diceva di belle maniere, costava nove assi.

Fuori Porta Marina si legge: "Se qualcuno si siederà qui, legga in primo luogo questo: se vuole fottere, cerchi Attica, per 16 assi". Doveva essere bellissima, questa Attica, o forse vantava una professionalità straordinaria. La sua tariffa, per una sola prestazione, era superiore alla paga giornaliera di un soldato, che in quell'epoca pare si aggirasse attorno ai due sesterzi e mezzo.

Drauca, invece, nel bordello del vicolo del Lupanare, costava un danaro, o quanto meno tanto costò ad Arpocrate, che se ne dichiarò soddisfatto: "Per un denario, Arpocrate qui ha fottuto Drauca, con gran soddisfazione".

*Utili alla città: i riconoscimenti.* E veniamo, infine, alla condizione delle prostitute. Se il loro stato sociale era certamente infimo, e se il loro mestiere le costringeva a vivere del tutto isolate dalle altre donne, esse esercitavano comunque per unanime riconoscimento una funzione socialmente utile: di conseguenza, era loro concesso di partecipare istituzionalmente alla vita religiosa cittadina. Rigorosamente separate, anche in questo – è ovvio – dalle donne oneste, dai cui culti erano escluse. Per loro invece, e in loro onore, si celebrava una festa apposita ogni anno, il 23 di aprile.

Interessante notare, inoltre – anche se si tratta di un riconoscimento di altro tipo – che lo stato romano interveniva per punirle se commettevano dei reati. A differenza delle donne "per bene" (che come abbiamo visto venivano processate in casa, dove padri e mariti giudicavano e punivano, quasi fossero, dice Seneca, "magistrati domestici"), le prostitute venivano giudicate e condannate dai normali tribunali.

In qualche misura, si potrebbe dunque dire che esse avevano un rapporto più stretto con lo stato. Prive della protezione di un maschio capofamiglia, le prostitute – a differenza delle donne oneste – erano per lo stato interlocutrici dirette: e a volte, dallo stato, ottenevano anche tutela e il riconoscimento dei loro diritti. Come dimostra un interessante episodio.

Un magistrato cittadino, di nome Mancino, denunciò una prostituta. La donna, di nome Manilia, secondo l'accusa aveva lanciato un mattone in testa al magistrato e lo aveva ferito. Ebbene: Manilia – racconta Aulo Gellio – dinanzi ai tribuni della plebe si difese sostenendo che lo aveva fatto perché costretta dal comportamento di Mancino, che voleva introdursi con la forza in casa sua. E i tribuni non solo assolsero la prostituta, ma biasimarono il magistrato per averla denunciata. Inevitabile pensare che a Roma le prostitute fossero difese dagli abusi dei potenti molto più di quanto non accadde loro in epoche successive. E di quanto purtroppo continua ad accadere.

Infine, almeno a partire da una certa epoca, le prostitute vennero tassate, dapprima in modo saltuario e quindi regolarmente. Di nuovo, il pensiero corre all'attualità e al moderno, ricorrente dibattito in materia. Quando la tassazione sia stata introdotta, peraltro, è cosa incerta. Svetonio racconta che Caligola impose alle prostitute di pagare una somma pari a quella che percepivano per una prestazione. Ma la notizia che segue induce a dubitare dell'attendibilità della precedente: sempre al fine di raccogliere danaro, Caligola avrebbe aperto nel palazzo reale un lupanare, costringendo donne e uomini del ceto senatorio a prostituirvisi, e per attirare clienti avrebbe pubblicizzato l'iniziativa in tutta la città.

La tassazione regolare venne comunque introdotta con certezza da Costantino, nel IV secolo d.C.

### *Tra uomini*

Ed eccoci agli amori omosessuali, che come abbiamo detto non erano riprovati, sempre che, beninteso, si trattasse di omosessualità maschile (l'omosessualità femminile, come vedremo, era considerata una vera mostruosità), e sempre che venisse rispettata la regola virilità = attività sessuale, e che il partner passivo – quanto meno fino a una certa epoca – non fosse un ragazzo libero.

Conseguenza: gli amori omosessuali possibili erano quelli con gli schiavi e con i prostituti (che, se non erano schiavi, erano spesso stranieri, e che comunque, se romani, in conseguenza del loro mestiere erano ritenuti indegni di essere cittadini).

Di queste due categorie di amori, al fine di completare il discorso sulla prostituzione, cominceremo con il prendere in considerazione la seconda, gli amori con i prostituti.

*La prostituzione maschile.* Accanto alla prostituzione femminile, nel mondo romano esisteva anche una prostituzione maschile. Dalle informazioni provenienti dalle fonti storiche e letterarie, tuttavia, la figura dei prostituti appare sociologicamente diversa da quella delle prostitute. E diverso appare anche l'atteggiamento di chi faceva ricorso a questo tipo di prostituzione, sia per vendere sia per acquistare servizi.

A differenza delle prostitute, infatti, che nella grande maggioranza appartenevano alle categorie più sfortunate e si vendevano per poco, i prostituti (in genere, di giovane età) si vendevano non di rado a prezzi molto alti e chiedevano regali costosissimi.

I giovani prostituti (o quanto meno, alcuni di essi) erano insomma ricchi e viziati, e a differenza delle loro colleghe erano diventati un vero e proprio consumo di lusso. L'abitudine di compensare i servizi sessuali dei ragazzi con cifre altissime era così diffusa che Catone il Censore ne era indignato, e tuonava contro i suoi concittadini, disposti – diceva – a dare a un prostituto una somma sufficiente a comprare una fattoria.

Quel che indignava Catone, dunque, non era il fatto che i suoi concittadini si dessero ad amori omosessuali, quanto piuttosto che i romani dilapidassero le loro ricchezze: che lo facessero con i ragazzi, o per gozzovigliare consumando costosissime giare di caviale del Mar Nero (altro esempio da lui citato con grande riprovazione), non faceva differenza alcuna.

Ma qual era la condizione sociale dei prostituti? La prima considerazione che si impone, a questo proposito, è che in loro onore si celebrava una festa, ogni 26 aprile (tre giorni dopo quella in onore delle prostitute). Evidentemente, proprio come nel caso delle prostitute, si riteneva che la loro attività avesse una qualche funzione sociale. E per quel che è dato saperne, per molti secoli il diritto consentì tranquillamente l'esercizio della loro attività. Fu solo durante l'Impero, infatti, in conseguenza dell'influsso cristiano, che vennero introdotti divieti e sanzioni (anche pesantissime), delle quali parleremo più avanti, nel capitolo dedicato agli amori proibiti.

*Belli e impossibili.* Belli e impossibili: erano così, spesso, i ragazzi di cui i romani si invaghivano. E i loro amanti a volte, per soddisfare i loro capricci, incorrevano in spiacevoli incidenti o addirittura in gravi sanzioni.

Di simili casi abbiamo alcune registrazioni, in verità molto interessanti, visto che i soggetti coinvolti non erano romani (sarebbe stato vietato), ma schiavi o prigionieri di guerra: in ambedue i casi, dunque, giovani destinati si può dire "per definizione" a essere oggetti del desiderio.

Il fatto era che, purtroppo, questi ragazzi approfittavano del loro ascendente sull'amante e lo inducevano a tenere comportamenti riprovevoli. Eccone due esempi.

Il più celebre fu quello che coinvolse un console, Lucio Flaminino. Questi si era a tal punto invaghito di un giovane cartaginese di nome Filippo che lo aveva condotto con sé in Gallia. Ma lì il ragazzo, viziato ed esigente, si annoiava, e continuava a lamentarsi di aver dovuto rinunciare a uno spettacolo di gladiatori cui teneva moltissimo. Lucio Flaminino, per compensarlo e sperando di farlo contento, decise allora di offrirgli uno spettacolo privato ancor più interessante: a uso e consumo di Filippo organizzò un'esecuzione capitale durante un banchetto. È superfluo dire che era vietatissimo: le esecuzioni capitali prevedevano luoghi, tempi e modi stabiliti.

Conclusione: nel 184 a.C. – racconta Tito Livio – Lucio Flaminino, tornato a Roma, fu escluso dal senato per opera dei censori, e in particolare di Catone, che pronunciò contro di lui una delle sue arringhe più violente.

Meno celebre, ma non meno interessante, il secondo caso, riportato da Valerio Massimo: un giorno, un romano condusse con sé in campagna un giovane schiavo di sua proprietà, con il quale aveva una relazione sessuale. Il ragazzo, vedendo un bel bue domestico, venne preso dall'improvviso e fortissimo desiderio di mangiare della buona trippa. Evidentemente, il suo ascendente sul padrone era tale che questi non ebbe esitazioni, e per accontentarlo fece uccidere il bue. Anche in questo caso, un grave errore: la legge, allora, vietava di uccidere gli animali domestici. La questione finì dinanzi alle autorità, e il padrone fu processato e condannato.

*Schiavi, schiavetti e un "concubino".* Lo abbiamo detto: accanto ai prostituti, a soddisfare i desideri sessuali del maschio romano, quando voleva accoppiarsi con un altro uomo, erano destinati in primo luogo gli schiavi. Per uno schiavo – abbiamo già avuto modo di ricordare anche questo – mettersi a quattro zampe per soddisfare gli improvvisi desideri del padrone era un dovere: persino se questi gli aveva fatto dono della libertà (nel qual caso, peraltro, il dovere era solo morale).

Ma non sempre il rapporto con il padrone (o l'ex padrone) era sentito solo come un dovere. Per il padrone gli schiavi non erano tutti uguali: non tutti erano soltanto strumento di soddisfazione degli istinti. Alcuni erano preferiti ad altri: di regola, inevitabilmente, i preferiti erano i più giovani, e tra questi ce n'era uno, il più fortunato di tutti. Era il "concubino", lo schiavetto che divideva abitualmente il letto con il padrone. Fino al momento, beninteso, in cui questi prendeva moglie.

A quel punto, le cose cambiavano. Teoricamente, il rapporto andava chiuso. Se continuava, la moglie non doveva saperlo, o fingeva di non sapere. La continuità, la quotidianità, comunque, erano finite. Ecco perché il giorno in cui il suo padrone si sposava era molto triste per il *concubinus*.

Costretto, suo malgrado, a partecipare ai festeggiamenti, il concubino soffriva: era normale, era così ovvio che della cosa si parlava apertamente. Come fece, ad esempio, Catullo, nel carme scritto per festeggiare il matrimonio di Manlio Torquato.

Il giorno delle nozze era arrivato, con la sposa coperta dal tradizionale velo arancio. La festa era iniziata e un ragazzo – il concubino, appunto – compiva un gesto rituale, distribuendo agli invitati le noci, considerate simbolo di fecondità. Ma era triste, avvilito, lo faceva di malavoglia. Catullo lo esorta:

*Concubino svogliato, dai le noci*
*ai ragazzini. Il tempo delle noci*
*per te è passato, servirai Talasio.*
*Dai le noci amorino, dai le noci.*

Il concubino deve fare il proprio dovere. Talasio è il dio del matrimonio, che ora Manlio Torquato deve rispettare, adattandosi al suo nuovo status di marito.

Catullo a questo proposito non risparmia allo sposo qualche battuta, che oggi, nel corso di una festa di nozze, apparirebbe certamente pesantissima, ma che all'epoca faceva parte degli scherzi consentiti:

*Si dice che tu soffra a rinunciare*
*o sposo profumato ai tuoi impuberi.*
*Ma dovrai farlo...*
*Si sa che solo a leciti piaceri*
*dedito eri, ma ad un marito*
*non è più lecito neppure il lecito...*

Teoricamente, con il matrimonio Manlio Torquato rinunciava ai piaceri della vita da scapolo, agli amori possibili, per lui, ma solo fino a quel momento: per limitarci ai rapporti omosessuali, al concubino e agli altri "ragazzini imberbi" (ai quali si aggiungevano le schiave di casa, alle quali il carme non fa riferimento ma che erano com'è ovvio anch'esse parte della riserva sessuale del padrone).

Lo avrà fatto, Manlio Torquato? Probabilmente, o meglio certamente, avrà rinunciato all'ufficialità, per così dire, del suo rapporto con il concubino. Quanto al resto, i dubbi – per lui come per gli altri mariti – sono certamente più che legittimi.

*Non amo più, Pettio, come un tempo scrivere versi,*
*perché d'amore profondo son ferito,*
*un amore che più d'ognuno, di tutti*
*mi fa ardere per teneri ragazzi e per fanciulle.*

Che i ragazzi fossero amati dagli uomini, prima di diventare adulti ed essere amati dalle donne, era cosa che ormai rientrava nella norma: per il tenero Licida, scrive Orazio, oggi si accendono di desiderio gli uomini, domani sospireranno le ragazze.

Ma attenzione, per i ragazzi gli uomini sospiravano solo fino al momento in cui spuntava loro la barba. Quando i peli avevano coperto le loro cosce e il loro viso non era più morbido, i ragazzi non piacevano più. Meglio, dunque, che non si facessero pregare troppo, finché erano in tempo.

Come tutti gli innamorati respinti, Orazio minaccia Ligurino, che lo fa soffrire resistendo al suo corteggiamento:

*Crudele e superbo dei doni di Venere,*
*quando una lanugine inattesa*
*sorprenderà questo tuo orgoglio,*
*e recisi saranno i capelli*
*che ti volano intorno alle spalle*
*e il colore di rosa purpurea,*
*che ora fiorisce sul tuo volto,*
*muterà rendendoti virile,*
*Ligurino, allo specchio dirai*
*...perché non tornano com'erano*
*le mie guance,*
*ora che ho questo cuore?*

Dal punto di vista letterario, Orazio riprende un modello della letteratura ellenistica. Nell'*Antologia Palatina* (una raccolta di epigrammi greci, composti fra il IV secolo a.C. e la tarda età bizantina) sono molti gli avvertimenti analoghi a quello dato a Ligurino, così come gli sberleffi ai ragazzi che si sono fatti troppo pregare, e, diventati meno attraenti, non hanno più neppure un corteggiatore. Nicandro, ad esempio, era bello come un dio, ma

*ora Nicandro s'è spento, ché il fiore volò dalle carni,*
*di sua beltà neppure il nome resta.*
*Prima era ascritto fra i numi. Al di là dell'umano, ragazzi*
*mai! Badate, ci sono i peli – poi.*

Poveri ragazzi. Quando i temutissimi peli spuntavano, era inutile cercare di nasconderli:

*Così serio, perché fino ai piedi t'ammanti, Menippo,*
*tu, che fino al ginocchio eri succinto?*
*Occhi bassi, mi sfiori, prosegui, neppure un saluto.*
*Cosa celi lo so. Sono arrivati...*

Orazio, certo, ripete un modello letterario in voga. Ma può ripeterlo perché, evidentemente, il contesto glielo consente. Ormai, può permettersi di scrivere cose un tempo impensabili, o quanto meno inconfessabili.

*"Uno schiavetto mio..."*

Sin qui, Orazio. Ma vediamo poeti diversi da lui. I poeti satirici, ad esempio. Cominciando da Marziale:

*Liscio per anni teneri*
*non di pomice sia*
*uno schiavetto mio,*
*e di tutte le femmine mi svogli.*

Uno schiavetto dolce, sottomesso, dalla pelle liscia: l'antidoto migliore alle donne che sottomesse, purtroppo, non si sognavano più di essere. Nei poeti satirici, i riferimenti agli amori per i ragazzi si intrecciano alla feroce critica alle donne, colpevoli di essersi emancipate. Vedremo le ragioni di questa emancipazione, vedremo i nuovi costumi: quel che ora interessa notare è che – di fronte alla difficoltà dei nuovi rapporti con le donne (più libere, autonome e, nella versione dei poeti satirici, ninfomani scatenate e prepotenti) – gli uomini si rifugiano tra le braccia dei ragazzi. Questi si fanno ancora corteggiare, con loro si può ancora giocare il ruolo del maschio:

*Tanto mi piacciono che quasi ne muoio*
*i baci presi con la forza e l'ira*
*tua, più del bel viso;*
*così per eccitarti, Diadumeno,*
*spesso ti batto...*

Con i ragazzi, si può giocare al gioco antico della seduzione:

*Tu mi cerchi, io fuggo; ti cerco, fuggi tu.*
*Questo garbuglio, Didimo, è il mio cuore.*
*Se tu vuoi io non voglio. Voglio se tu non vuoi.*

Loro, i ragazzi, sanno come comportarsi per piacere: non devono diventare prepotenti come le donne. E bisogna che sappiano che, se dimenticano questa regola, perdono tutto il loro fascino:

*Vuoi essere riverito, servito ecc.*
*E io, Sesto, che ti volevo amare!*
*Bisogna obbedirti: riverito, ecc.*
*sarai, come comandi:*
*Ma, se fo questo, non t'amerò, Sesto.*

Ma come vivevano le donne la concorrenza maschile? Ovviamente, non abbiamo testimonianze femminili: ma da come gli uomini parlano del problema sembra di capire che, volenti o nolenti, dovessero accettarla. In modo non esattamente delicato, Marziale ridicolizza le donne che – secondo lui – tentano di garantirsi l'esclusiva del marito conquistandolo, per così dire, con le stesse armi dei ragazzi:

*Moglie mia, perché m'hai sorpreso*
*con un ragazzo in amore*
*m'assali con ingiurie sanguinose*
*e gridi: ho un culo anch'io! Giunone*
*quante volte l'ha detto a quel porcone*
*di Giove, e lui cocciuto*
*va a letto con Ganimede ormai cresciuto...*
*Di grazia, non dar nomi maschili*
*a quel che hai sotto.*
*Culo non vedo in te, ma doppia fica.*

Anche questo è un tema letterariamente di moda, presente nell'*Antologia Palatina*. Il problema che esisteva in Grecia si riproponeva esattamente negli stessi termini a Roma: inutile che le donne pensassero di poter soddisfare tutte le esigenze maschili. Tanto valeva che si rassegnassero.

### *"Il piacere che è dato per dovere..."*

Ovidio era diverso. A Ovidio piacevano più le donne degli uomini. Naturalmente, viveva in un mondo in cui era normale subire anche il fascino maschile: come dichiara espressamente, a ispirare la sua poesia può essere tanto una donna quanto un ragazzo. Ma preferisce le donne. E lo dichiara, spiegandone le ragioni, legate alla sua idea del piacere. A differenza della grande maggioranza dei suoi concittadini, infatti,

Ovidio non concepisce il piacere come soddisfazione unilaterale del desiderio. Se non è reciproco, il piacere non è veramente tale. Il discorso vale per i rapporti sia omo- sia eterosessuali:

*Il piacere che è dato per dovere, a me non è gradito.*
*Che nessuna ragazza voglia fare per me questo dovere.*

La ragione per cui preferisce le donne, dunque, non è legata al rifiuto o alla riprovazione dei rapporti con i ragazzi, ma alla sua convinzione che le donne sentano maggior piacere degli uomini nell'atto sessuale. A testimoniare la qual cosa sta il mito di Tiresia, da lui riportato nelle *Metamorfosi.*

Tiresia, tebano, passeggiava un giorno su un monte quando vide due serpenti che si accoppiavano. Incautamente, li separò con il bastone, ma nel farlo colpì il serpente femmina: per punizione venne trasformato in donna e tale rimase per sette anni, fino a quando, dopo aver incontrato gli stessi serpenti che si accoppiavano e ucciso il maschio, fu ritrasformato in uomo.

Essendo dunque l'unico essere ad aver vissuto una simile esperienza, Tiresia era stato chiamato a dirimere una lite tra Zeus e la moglie Era, che stavano litigando sul seguente tema: durante l'atto sessuale prova più piacere l'uomo o la donna? E Tiresia aveva risposto: prendi il piacere che l'accoppiamento provoca, dividilo in dieci parti. L'uomo ne prova una parte, la donna nove. La risposta, che aveva svelato un segreto che le donne si guardavano bene dal rivelare, aveva fatto infuriare Era, che per punirlo lo aveva privato della vista. Ma Zeus, per compensarlo, gli aveva dato il dono della divinazione.

In Grecia la storia di Tiresia veniva in genere interpretata come segno della "animalità" delle donne, che gli uomini dovevano controllare. Ma Ovidio la leggeva in modo diverso: posto che le donne provavano più piacere degli uomini, e che il piacere era maggiore quando era reciproco, meglio amare le donne. E meglio farlo in modo da assecondare i loro desideri:

*Quando hai trovato i punti dove la donna gode ad essere toccata,*
*non sia il pudore a impedirti di toccarli.*
*...verranno allora i lamenti, verranno i mugolii di gioia,*
*i dolci gemiti e le parole adatte agli scherzi d'amore.*
*Tu, non lasciare indietro la tua donna spiegando più ampie le vele,*
*né ti preceda lei nella tua corsa.*
*dovete insieme correre alla meta. Solo allora il piacere è completo,*
*quando l'uomo e la donna s'abbandonano vinti nello stesso istante.*

Ma vale la pena notare che, quando esprime la preferenza per le donne, Ovidio sembra quasi volersene giustificare: come se si trattasse di una scelta inconsueta, difficile da capire per i suoi concittadini, per i quali, se i ragazzi non erano meglio, non erano certo inferiori alle donne.

### *Consigli d'amore*

*Ah, stavo proprio per dirvi che nelle ascelle l'aspro odore del capro*
*non allìgni e non siano le gambe irte di duri peli!*
*...e devo anche avvertirvi che l'incuria non vi annerisca i denti*
*e che il viso va lavato ogni mattina con l'acqua appena attinta?*

Sono consigli che Ovidio dà alle ragazze, così come altri che riguardano l'abbigliamento, la postura, la pettinatura:

*un ovale allungato richiede una scriminatura senza orpelli,*
*...un viso rotondo richiede che sia lasciato al sommo della fronte*
*un minuscolo nodo di capelli, in modo che si vedano le orecchie.*

Quanto ai colori da indossare,

*un tono scuro sta bene a carnagioni candide...*
*il bianco sta bene alle brune.*

Ma gli insegnamenti del poeta non sono soltanto di natura estetica. Se così fosse stato, *L'arte di amare*, il libro in cui li impartisce, non gli avrebbe causato i guai che gli causò. Sono insegnamenti volti a introdurre i suoi lettori e le sue lettrici alla difficile arte di amare e di sedurre.

Alcuni, evidentemente, non potevano far parte dell'educazione impartita a vergini timorate in attesa del matrimonio:

*La donna piccolina si metta a cavallo; lunga com'era, mai*
*la sposa di Tebe si sedette a cavallo di Ettore.*
*Si ponga sul letto in ginocchio, con la testa piegata un po' all'indietro*
*la donna che attira lo sguardo per la linea slanciata del suo fianco.*
*L'uomo stia ritto; lei, distesa sul letto obliquamente...*

Ovidio pensa a tutte, anche a quelle il cui ventre, dopo uno o più parti, ha perso compattezza e sul quale Lucina – che del parto era la divinità – ha lasciato delle smagliature:

*Anche tu cui Lucina ha segnato sul ventre le rughe,*
*cavalca voltata all'indietro, come i Parti veloci...*

Seguono alcuni insegnamenti inseriti in una filosofia di vita davvero sovversiva, se impartiti alle donne:

*Godetevi la vita. A somiglianza*
*fuggono gli anni di un fuggente rivo.*

Proprio negli stessi anni in cui Augusto cercava in ogni modo di far rivivere i buoni, antichi costumi, Ovidio esortava le donne a vivere liberamente. Era consapevole dei pericoli che correva? Anche se certo non immaginava quanto fossero gravi, naturalmente sì. E a volte cercava di premunirsi:

*Stavo per trascurare il modo per sfuggire*
*a un astuto marito e un accorto guardiano.*
*La sposa tema il marito; sulla sposa ci sia vigilanza.*
*Il decoro lo vuole, lo impongono le leggi, il diritto, il pudore.*
*Ma che sia sorvegliata anche tu, che da poco sei stata affrancata,*
*chi potrà tollerarlo? Per trovare l'inganno vieni al mio sacro magistero.*

I suoi insegnamenti, dice, non sono per le matrone, sono solo per le liberte (le schiave liberate dal padrone). Ma ci crede veramente, e vuole veramente farlo credere? Il riferimento chiaramente irrisorio alle leggi augustee suggerisce di no. È solo un tentativo di non incorrere nelle ire di Augusto.

Le ragioni perché questi fosse profondamente irritato dalla pubblicazione del libro, insomma, certamente non mancavano. Furono sufficienti, da sole, a fargli decidere di spedire Ovidio in esilio a Tomi, sul Mar Nero (oggi Costanza), dove avrebbe finito i suoi giorni?

Tra le cause della sua sventura, Ovidio cita "un carme e un errore". Il carme, naturalmente, era *L'arte di amare*. E l'errore?

Sull'argomento si è discusso a lungo. Ma leggendo il carme

viene da pensare che sia stato, comunque, un ottimo pretesto per giustificare la punizione dell'errore, quale che fosse.

Per la loro immoralità, i libri di Ovidio furono tolti dalla biblioteca di Roma e bruciati.

PS Una parte dei consigli d'amore di Ovidio (assai meno compromettenti per lui) era rivolta agli uomini. Si trattava di suggerimenti e incoraggiamenti in verità abbastanza scontati, ma che vale la pena rileggere:

*Coraggio dunque, sii deciso a sperare per te tutte le donne.*
*Ce ne sarà, fra tante, appena una che ti dirà di no.*

Sin qui, non troviamo che la conferma del superego dei romani, e di come esso venisse in ogni modo e forma alimentato. Prescindiamo dai consigli spiccioli: attenzione nel farvi amica l'ancella della donna amata. Può essere molto utile, ma... è il caso di sedurla? Ovidio, tutto considerato, lo sconsiglia. Può creare complicazioni. Fatelo, dice, solo se vi piace veramente. E in questo caso c'è una regola da rispettare:

*cerca di avere prima la padrona, lei venga per seconda:*
*che non cominci dall'ancella il tuo tributo a Venere.*

Ma se inizi a corteggiarla, devi condurre a termine l'impresa:

*Non c'è delazione, se al misfatto partecipa anche lei.*

E attenzione all'aspetto: non vestirti, non comportarti in modo da sembrare effeminato. Alle donne piacciono i veri uomini. Ma non temere di piangere:

*Anche le lacrime sono d'aiuto (smuoverai con le lacrime anche il ferro),*
*se puoi, fa' che lei veda le tue guance bagnate,*
*e se le lacrime, che non vengono sempre a tempo debito,*
*ti faranno difetto, toccati gli occhi con la mano inumidita.*

Per chiudere, l'insegnamento finale, notissimo, diventato proverbiale: la famosa *vis grata puellis*, la violenza che piace alle ragazze:

*Chi prende un bacio ma non prende anche il resto*
*sarà degno di perdere quello che ha avuto.*
*Quanto mancava, dopo il bacio, per appagare la tua brama?*
*Ahimè! Quello non fu pudore, ma soltanto rozzezza.*
*Chiamala pur violenza, ma è violenza gradita alle ragazze.*

Siamo nel campo della più scontata, banale concezione romana della virilità. Sotto questo aspetto Ovidio è un perfetto esponente dell'etica sessuale dei suoi concittadini.

# 3.
# AMORI PROIBITI

## *Nuovi costumi, nuove leggi*

A seconda del sesso cui la proibizione era rivolta, gli amori proibiti, a Roma, erano diversi. Lo abbiamo detto e ripetuto, nel caso delle donne erano moltissimi, per non dire praticamente tutti: fossero esse sposate, nubili o vedove, qualunque amore al di fuori del matrimonio era loro vietato. Attraverso i secoli, le regole per loro non cambiarono. Diversi, nel tempo, furono peraltro i margini di tolleranza sociale. E a volte, nel tempo, cambiarono anche le pene: ma i divieti no, quelli, quanto meno formalmente, non cambiarono mai.

Nel caso degli uomini, invece, il numero delle proibizioni era minore: agli uomini, le possibilità di amori extraconiugali non vennero mai negate. Ma nel passaggio dalla Repubblica all'Impero cambiarono il numero e il tipo di quelli ammessi. Alcuni, infatti, dapprima vietati, vennero consentiti; per altri fu il contrario. E nuove pene, a volte severissime, vennero introdotte per comportamenti sino a quel momento solo socialmente riprovati – o puniti anche dalla legge, ma con pene minime, e per di più inapplicate.

Le ragioni dell'introduzione di nuovi divieti e nuove pene – nonché dei diversi margini di tolleranza nei diversi momenti – sono naturalmente legate alle trasformazioni del quadro sociale, politico ed etico.

Nel caso dei rapporti eterosessuali, si trattò di un fenomeno al quale abbiamo già brevemente accennato e sul quale torneremo: l'emancipazione femminile.

Nel caso dei rapporti tra uomini, furono i mutamenti introdotti da un canto dalla nascita dell'Impero (con conseguente trasformazione dei cittadini in sudditi), dall'altro dalla diffusione dell'etica sessuale cristiana.

### *La famiglia è in pericolo*

L'adulterio femminile, lo sappiamo bene, era da sempre punito: dopo un sommario giudizio del tribunale domestico (che non era neppure obbligatorio convocare, e che comunque sostanzialmente decideva secondo i voleri del capofamiglia) la donna poteva essere condannata a morte. Con evidente soddisfazione e rimarchevole arroganza, Catone il Censore, secondo quanto riporta Aulo Gellio, ricordava: "Se sorprendi tua moglie mentre commette adulterio puoi ucciderla impunemente. Se lei sorprende te, invece, non può toccarti neppure con un dito".

La moglie adultera, dunque, poteva anche essere messa a morte: ma in modo silenzioso, discreto, per non dire segreto, e all'interno della casa. Più precisamente, nei suoi sotterranei, dove veniva abbandonata a morire di inedia. Il concetto è antico ma ancora attuale: i panni sporchi vanno lavati in famiglia.

Tuttavia, a partire all'incirca dal III secolo a.C., le donne avevano cominciato a cambiare mentalità e costumi, intraprendendo la strada della loro emancipazione. E questa, secondo i soliti benpensanti, aveva portato con sé una diffusione del vizio e della dissolutezza che andava a ogni costo contrastata. Come e quando, è cosa che vedremo tra poco: prima di affrontare il problema delle sanzioni, è necessario capire in primo luogo com'era potuto accadere che le donne si emancipassero, e in secondo luogo quali erano i comportamenti che i loro concittadini ritenevano prova inoppugnabile della loro dissolutezza e della necessità di correre immediatamente e drasticamente ai ripari.

### *Com'è potuto accadere?*

Un tempo, il matrimonio comportava il trasferimento della moglie nella famiglia del marito, e la sua sottoposizione al potere personale di questo, che come abbiamo appena ricordato al punto di poterla mettere a morte.

A partire all'incirca dal III secolo a.C., però, si era andato diffondendo un nuovo tipo di matrimonio, a seguito del quale la moglie continuava a far parte della famiglia d'origine. Il che non significava, naturalmente, che fosse libera. Significava che, invece di cadere sotto il potere personale del marito, rimaneva soggetta alla potestà del padre; e che non ereditava dal coniuge (del quale – nel vecchio regime – era erede, insieme ai figli) ma dal padre, in parti uguali insieme ai fratelli (a Roma le figlie non erano discriminate rispetto ai figli, come in altre società antiche).

I padri però, di solito, muoiono prima dei mariti: le donne, quindi, abitualmente restano prima orfane che vedove. Conseguenza: nel nuovo regime le donne diventavano titolari di un patrimonio prima di quanto accadesse nel vecchio regime (sempre che, ovviamente, ci fosse un patrimonio da ereditare).

E non è tutto: le donne erano praticamente libere di disporre dei loro beni. Se infatti in teoria quelle che non avevano ascendenti maschi erano sottoposte, come erano sempre state, a tutela a vita, nel nuovo quadro sociale questa sottoposizione appariva ormai una misura anacronistica. La tutela muliebre era praticamente solo una formalità.

Accanto alle regole giuridiche, poi, a migliorare la condizione femminile, per quanto paradossale possa sembrare, avevano contribuito le guerre. La seconda guerra punica, in particolare (219-202 a.C.), aveva decimato la popolazione maschile.

A ereditare i beni dei defunti, accanto agli orfani erano rimaste le donne, che ormai, tra l'altro, grazie a una nuova disposizione introdotta dal pretore, oltre che dai padri ereditavano dai mariti, benché non entrassero a far parte della famiglia di questi.

Molte donne, dunque, si ritrovavano titolari di patrimoni più o meno consistenti. E questo fatto, unito all'assenza fisica degli uomini dalla città, ampliò enormemente gli spazi della loro libertà.

Per finire (ma non certo da ultimo, dal punto di vista della rilevanza), le donne romane possedevano gli strumenti intellettuali per profittare dei nuovi vantaggi. Se appartenevano alle classi alte, al termine dell'istruzione elementare partecipavano insieme ai fratelli alle lezioni impartite in casa dai pedagoghi, che comprendevano, accanto alle lettere, anche materie come il diritto e la retorica.

Erano, dunque, economicamente indipendenti e colte: già allora, e come sempre, i due requisiti indispensabili per intraprendere la via dell'emancipazione.

Le nuove donne, insomma, erano molto diverse dalle matrone di un tempo. Anche se la propaganda civica continuava a esaltare le virtù delle Lucrezie, delle Porzie e delle Arrie, le nuove donne si proponevano altri modelli e altri obiettivi: tra lo sconcerto generale, ve ne furono persino alcune che intrapresero la carriera forense.

PS Superfluo dire che i romani non erano affatto contenti di queste invasioni nei loro territori. Una donna avvocato? Un mostro. Così, esplicitamente, scrive Valerio Massimo illustrando il comportamento di una certa Afrania (o Carfania) che "sempre pronta ad attaccar briga si difese sempre da sé davanti al pretore, non perché le mancassero gli avvocati, ma perché era impudentissima. E così, stancando continuamente i tribunali con i suoi latrati, insoliti per il Foro, divenne un esempio notissimo dell'intrigo femminile, al punto che alla donna di cattivi costumi si usa dare l'appellativo di Caia Afrania".

Tocco finale, in questa amabile descrizione: Afrania "visse fino al secondo consolato di Caio Cesare e il primo di Publio Servilio" (e dunque fino al 49 a.C.). Di lei non sappiamo l'anno di nascita, solo quello di morte. E non a caso: "Di un simile mostro," scrive Valerio, "bisogna far sapere ai posteri quando morì, non quando nacque".

Considerato l'atteggiamento maschile verso le donne avvocato, si può ben capire che le avvocatesse non ebbero lunga vita, nel sistema romano. Di lì a poco, un editto del pretore vietò alle donne di esercitare questa professione, per evitare che si immischiassero negli affari altrui, venendo meno alla riservatezza che doveva contraddistinguere il loro sesso: com'era accaduto appunto nel caso di Afrania (qui chiamata Carfania), che difendendo le sue cause in modo inverecondo e inquietando il magistrato, dice Ulpiano, aveva provocato la giusta reazione di costui.

### *Intermezzo*
### *Le superemancipate donne di Pompei*

*Dichiarazioni d'amore.* "Non posso vivere né senza di te, né con te," scriveva Ovidio. Una delle dichiarazioni d'amore più celebri – giustamente più celebri – della letteratura latina. Ma dichiarare il proprio amore non è appannaggio esclusivo degli intellettuali. Anche chi ha poca o nessuna cultura vuol far conoscere all'oggetto del proprio amore i suoi sentimenti, la sua gioia o il suo dolore, secondo i casi e i momenti. E lo fa secondo le sue capacità: uomo o donna che sia. Ecco un'altra spia del nuovo atteggiamento femminile, che emerge – e non è cosa di poco interesse – dalla lettura delle dichiarazioni incise da anonimi innamorati sui muri di Pompei. Nella maggioranza dei casi – questo va detto – di mano maschile:

"Costringimi a morire, poiché mi costringi a vivere senza di te," scrive un innamorato. Un altro dichiara: "Amore detta a me che scrivo, e Cupido mostra la via: che io muoia, se voglio essere un dio senza di te".

Un altro, evidentemente non corrisposto, o non corrisposto nella misura sperata (o forse, chissà, tradito o abbandonato), esprime propositi minacciosi: "Venga chiunque ama. Voglio rompere con il bastone le costole a Venere e fiaccare i lombi alla dea. Se lei può trafiggere a me il tenero petto, perché io non posso romperle la testa con il bastone?".

Ma per fortuna c'è anche chi è felice: "Se qualcuno non ha visto la Venere di Apelle guardi la mia ragazza. Risplende come lei". Un altro, anche se innamorato, non se la sente di promettere fedeltà assoluta: "Una ragazza dalla pelle bianca mi ha insegnato a odiare le brune. Io le odierò se ci riuscirò. Se non ci riuscirò, le amerò mio malgrado". Ipocrisia o autoironia? Propenderei per la seconda ipotesi, renderebbe l'autore molto più simpatico.

Ma se a dichiarare pubblicamente i loro sentimenti erano in prevalenza degli uomini, questo non toglie che, come abbiamo anticipato, vi siano anche iscrizioni di mano femminile. Un graffito, indiscutibilmente "colto", rivela senza ombra di dubbio da parte di chi lo ha scritto una certa conoscenza della letteratura ellenistica: e chi lo ha scritto è, appunto, una donna:

*Oh, se potessi tenerti stretto con le braccia al collo,*
*e baciare le tue tenere labbra! Va' ora, ragazza, affida ai venti le tue gioie.*
*Credimi, la natura degli uomini è leggera. Spesso io perduta nel mezzo della notte vegliavo, meditando con me stessa questa cosa.*

*La fortuna precipita giù in fondo e preme quelli che innalzò.*
*Così come Venere congiunse improvvisamente i corpi degli amanti, la luce dell'alba li separa e disgiunge.*

Così esprime il suo amore l'ignota coraggiosa signora pompeiana. E non è la sola a dichiararsi così esplicitamente. E a dire anche il nome della persona amata. Nella specie, un certo Venusto.

*O carrettiere, se tu sentissi il fuoco dell'amore,*
*ti affretteresti di più, per vedere Venere.*
*Amo un giovane, Venusto, ti prego, sprona il mulo, corriamo.*
*Hai bevuto: andiamo, prendi le redini e scuoti,*
*portami a Pompei, dov'è il mio dolce amore.*

Secondo alcuni, ad amare così appassionatamente Vetusto sarebbe stato un uomo. Cosa, lo sappiamo bene, più che possibile. Ma nella specie tutt'altro che dimostrata. Più facile, dati il tono e il contesto, pensare a una donna.

### *Tutte pazze per i gladiatori*

Che l'emancipazione femminile non fosse un fatto di élite, ma avesse toccato anche le donne delle classi meno alte, è chiaramente mostrato oltre che dalle dichiarazioni d'amore di cui sopra da molte altre testimonianze pompeiane.

Per cominciare: le donne, oltre a frequentare i teatri, assistevano ai giochi gladiatori, ai quali pare si appassionassero non tanto per i giochi in sé quanto per i gladiatori; i quali, se sopravvivevano alle loro non facili esibizioni, diventavano le star dell'epoca – un po' come i calciatori di oggi, o come i cantanti rock, ammirati e amati dalle donne di ogni ceto sociale. A dimostrarlo, ecco le iscrizioni che a Pompei, più o meno scherzosamente, alludono al loro fascino irresistibile.

Il trace Celado, ad esempio – leggiamo nella caserma dei

gladiatori – fa sospirare le ragazze. Chi lo ha scritto, una donna o un uomo? Poco importa, in ogni caso dal graffito viene una conferma del fatto che le ragazze di Pompei non erano insensibili al fascino dei muscoli e della celebrità.

Sullo stesso edificio, un altro graffito ci informa che Crescente, il reziario (uno dei gladiatori specializzati nel combattere con una rete, con cui dovevano difendersi dagli attacchi avversari), era "il medico notturno delle ragazze".

Piacevano a tutte, questi gladiatori. Oltre che alle ragazze di modeste condizioni sociali, anche alle matrone, che a quanto pare, più essi uscivano malconci dalle lotte, più li amavano. Quanto meno, così vuol farci credere il solito Giovenale, che nella sua satira sulle donne racconta di una certa Eppia, che aveva abbandonato casa e famiglia per seguire un gladiatore, tal "Sergetto", che

*...attendeva, ormai,*
*con quel braccio spezzato il suo congedo;*
*e molti sfregi avea nel volto, e il ciuffo*
*diradato dall'elmo, e in mezzo al naso*
*un grossissimo porro; e un male acuto*
*gli facea sempre gocciolare un occhio.*
*Ma un gladiatore egli era!*

Per lui, dice Giovenale, anche se era stata abituata da bambina a ogni lusso, e anche se faceva grandissime difficoltà se il marito tentava di farla salire su una nave, Eppia aveva sfidato le onde, seguendolo fino in Egitto: quel Sergetto non doveva essere ributtante come Giovenale lo descrive.

La patologica misoginia del poeta emerge anche in questi versi, e si conferma quando, generalizzando il comportamento di Eppia, scrive che

*...quelle che a un amante*
*van dietro, hanno stomaco di bronzo,*

*quella vomita addosso al suo marito,*
*questa tra i marinai mangia e passeggia*
*su e giù per la nave e si compiace*
*nel maneggiare i ruvidi cordami.*

Non le amava affatto le donne, Giovenale. Ma, al di là delle sue esagerazioni, possiamo cogliere una verità: anche le signore delle classi alte erano sensibili al fascino dei gladiatori. Come del resto parrebbe confermare un altro ritrovamento pompeiano.

Nell'alloggio dove dormivano i gladiatori, infatti, sono stati trovati i resti di una persona di sesso femminile, e dei gioielli, che presumibilmente le appartenevano. Cosa ci faceva, in quel posto, una signora ingioiellata? Esercitando un po' la fantasia, si è diffusa l'idea che quella sera la signora fosse andata, presumibilmente di nascosto, a trovare il suo bel gladiatore. Chissà se il cataclisma la sorprese appena arrivata, o mentre si accingeva a tornare a casa. Come che sia, morì in un momento felice.

*Matrone e gigolo.* Emancipate davvero, queste donne di Pompei. Forse, al punto da ricorrere ai servigi di giovani e aitanti gigolo. Da comprare l'amore, insomma, pagandolo, come i loro uomini facevano da sempre.

Abbiamo avuto modo di vedere, parlando degli amori possibili, che a Pompei, accanto alle prostitute, esistevano anche dei prostituti. E nel parlarne abbiamo dato per scontato che l'amore a pagamento, quando a prostituirsi era un uomo, fosse di tipo omosessuale. Dopo quel che abbiamo visto sull'etica sessuale del tempo, era difficile immaginare che si trattasse di gigolo al servizio di integerrime matrone.

Eppure, a volte sembra fosse proprio così. In alcuni casi è evidente che essi si prostituivano ad altri uomini. Come, ad esempio, i due prostituti il cui nome compare nel bordello di vicolo del Lupanare, accanto ai nomi di prostitute. Ma altre volte non è così certo, come peraltro vedremo dopo aver aperto una breve parentesi. La documentazione pompeiana in materia di prostituzione maschile, infatti, rivela una realtà diversa da quella romana, che vale la pena segnalare.

A Pompei non appare traccia dei ragazzini viziati e pretenziosi tanto amati dai romani. I prostituti di Pompei erano dei poveretti, che si vendevano per pochi soldi. Un tal Menandro, pur vantando modi raffinati, si offre per soli due assi. Un certo Felice invece ne costava quattro. Su un sepolcro della via Nucerina lo stesso Felice, o un omonimo, offriva di praticare sesso orale per un solo asse.

Il che non significa, sia ben chiaro, che la prostituzione maschile d'alto bordo a Pompei non esistesse. La limitazione dei riferimenti testuali alla prostituzione più povera è conseguenza inevitabile del tipo di fonte di cui disponiamo, e cioè la pubblicità fatta sui muri da chi si vendeva: e i prostituti d'alto bordo non ne avevano certamente bisogno, né a Pompei né a Roma. I graffiti pompeiani, insomma, una volta di più sono un documento che integra le altre fonti, rivelando realtà altrimenti non documentate.

Ma torniamo al problema che ci incuriosiva, e non poco: i prostituti si vendevano solo ad altri uomini, o, talvolta, anche alle donne? I primi dubbi nascono alla lettura di alcune iscrizioni che descrivono le loro prestazioni professionali.

A chi potevano offrirsi, infatti, se non a delle donne, quelli che promettevano il cunnilinguo (*cunnilingus*)? A chi poteva rivolgersi quel tale che, di sé, scriveva: *Fronto cunnum linget*, vale a dire: "Frontone lecca la fica"? A chi intendevano far sapere di svolgere la stessa attività quel Solenne e quel Vettio che tenevano a segnalare questa loro specialità?

Qualche dubbio può nascere pensando ai casi in cui non viene indicato il prezzo. Questo potrebbe indurre a ritenere che non si trattasse di scritte autografe, ma di insulti: i romani (con l'eccezione – lo abbiamo visto – di Ovidio) consideravano poco virile dar piacere a un'altra persona, uomo o donna che fosse. "Leccare la fica", a questi effetti, era come "succhiare il cazzo". Ambedue le attività volevano dire mettersi al servizio del piacere altrui, e il primo, se non unico obiettivo di un vero uomo era procurare piacere a se stesso.

Basta ripensare, per convincersene, a quel che Catullo minaccia di fare ai suoi nemici, Furio e Aurelio, che dubitano della sua virilità: li costringerà, appunto, a procurargli piacere "succhiandogli il cazzo".

La notizia "Vettio succhia la fica", dunque, seguita dal nome di Optato (ammesso che Optato fosse un nemico di Vettio), potrebbe far pensare a un insulto. Chiaramente beffarda pare anche l'esortazione: "Saturnino, non leccare la fica". E in via della Fortuna l'invito "Lecca la fica di Laide" potrebbe essere un'offerta professionale di Laide medesima.

Ma se in questi casi il dubbio è possibile, in altri lo è assai meno. Difficile non pensare a un'offerta professionale leggendo la comunicazione: "Glicone lecca la fica per due assi". Ancor più difficile escluderlo leggendo quella che oggi chiameremmo l'inserzione pubblicitaria di Marittimo, che dopo aver scritto "Lecca la fica per quattro assi" specifica: "Accetta anche le vergini".

Insomma, gli indizi di un mercato del sesso a pagamento anche a uso delle signore esistono. E potrebbe confermarlo un altro graffito, nel quale viene pesantemente sbeffeggiato uno sconosciuto, che a quanto pare aveva cambiato mille lavori, senza evidentemente avere molto successo, e al quale lo scrivente dà un consiglio finale:

"Hai fatto otto mestieri e ne faresti sedici. Hai fatto l'oste, il vasaio, il salumiere, il panettiere, sei stato agricoltore, hai fatto oggettini di bronzo, sei stato venditore ambulante, ora fai il bottegaio. Se ti metterai a leccare la fica li avrai esauriti tutti".

Il gigolo, forse, era una figura professionale non sconosciuta, a Pompei. Forse, la donna che scrisse: "Qui sono stata fottuta" alludeva al fatto di avervi fatto ricorso. Posto che una donna onesta ben difficilmente avrebbe comunicato all'intera città una simile notizia (e con questi termini), le possibilità sono due: o la scrivente era una prostituta, oppure era la cliente di un prostituto. Dare una risposta, purtroppo, è impossibile. Restiamo con il dubbio, e con la speranza che futuri ritrovamenti archeologici o letterari ci chiariscano le idee su un problema che non è una semplice curiosità. Se veramente esisteva una professione di questo genere, dovremo probabilmente rivedere molte idee sulla condizione femminile romana, o quanto meno su quella parte della popolazione femminile, evidentemente ribelle a ogni regola e incurante di ogni divieto, alla quale si rivolgevano questo tipo di offerte.

### *Intermezzo.*
### *Processi alle impudiche*

Di regola, come abbiamo visto, le donne "impudiche" venivano punite nei recessi della casa, con una pena (a volte la morte) invisibile agli occhi estranei.

Ma vi furono casi in cui la regola venne infranta in modo plateale. In alcune circostanze, le "impudiche" vennero processate pubblicamente: non individualmente, ma in gruppo. Furono processi celebri, che fecero molto scalpore a Roma. Tra di essi, particolarmente clamorosi due casi.

Il primo si verificò nel 295 a.C.: un numero indefinito di matrone (un "tot" di matrone, dice Livio) vennero accusate dall'edile Quinto Fabio Gurgie di rapporti sessuali illeciti. E furono condannate a pagare una multa, con la quale venne costruito un tempio a Venere *Obsequens* (Venere "obbediente", rispettosa delle regole): o l'ammontare delle multe era smisuratamente alto, o il numero delle condannate era altissimo.

Il secondo processo fu celebrato nel 213 a.C., quando gli

edili promossero un'azione contro, di nuovo, "un certo numero di matrone", per lo stesso illecito. E alcune di esse furono condannate: questa volta, all'esilio.
Nonostante non fossero autorizzate a partecipare ai comizi, dunque, e nonostante di regola venissero punite da padri e mariti, le donne potevano subire processi criminali. Ma non è tanto questo il punto che interessa, quanto le perplessità sollevate dai resoconti di questi processi.
Le donne accusate infatti, lo abbiamo detto, vennero processate in gruppo, e Livio, che ci racconta la loro storia, non si preoccupa di indicare né il loro nome né il loro numero. Nasce il sospetto che queste matrone, evidentemente prive di famiglie interessate a evitare lo scandalo di un processo, non fossero accusate di un singolo rapporto illecito, ma di malcostume abituale. Secondo alcuni, addirittura, che si trattasse di vere e proprie prostitute. Ma l'ipotesi è inaccettabile: come abbiamo visto, la prostituzione femminile non era penalmente perseguita. Le prostitute, per definizione, non commettevano illecito.
Assai più probabile, invece, che si trattasse di un tipo di donne che si comportavano con estrema disinvoltura, intrecciando relazioni più o meno durature, e consentendosi una vita più o meno lussuosa grazie alla generosità degli amanti.
Ecco, forse, la ragione del processo pubblico: forse queste donne vivevano sole, lontane dal controllo dei familiari che, ammesso che esistessero, le avevano cancellate dal numero delle donne che meritavano di essere, per così dire, protette attraverso l'esercizio dei poteri domestici.
Ma rimane un altro problema: perché nel 295 vennero condannate a una semplice pena pecuniaria e nel 213 vennero costrette all'esilio?
La severità della seconda condanna potrebbe essere collegata allo sgomento dei romani, in quegli anni, di fronte al pericolo cartaginese.
I romani, infatti, ritenevano che una delle cause più frequenti

delle sciagure pubbliche dipendesse dal malcostume femminile. Per questo, essi pensavano, gli dèi, indignati, li aiutavano a evitare la loro collera mandando appositi segnali, rappresentati da eventi "prodigiosi", vale a dire sorprendenti, spaventosi o comunque inspiegabili. Avvertiti del rischio, gli uomini potevano trovare le colpevoli e punirle.

Così era accaduto nel 295, in concomitanza con il primo processo di cui abbiamo parlato. In quell'occasione, in molti paesi era piovuta terra dal cielo, e nell'esercito di Appio Claudio molti erano stati colpiti da un fulmine.

Nel 114 gli dèi avevano folgorato Elvia (vedi pp. 159-161, *La vestale innamorata*). Il segnale era chiaro: le donne appartenenti alla sua classe si comportavano in modo dissoluto. Lo stato aveva reagito con fermezza e rigore, accusando tre vestali (Emilia, Licinia e Marcia) di aver violato il voto trentennale di castità, che avevano come di regola pronunciato quando avevano assunto la carica.

Alla luce di tutto ciò – in un momento così difficile per Roma – è tutt'altro che improbabile che nel 213 la severità della pena sia stata determinata dal timore che il riprovevole comportamento delle donne avesse conseguenze negative sulla guerra. Ma tutto sommato, a pensarci bene, non appartenere alla categoria delle donne di sicura onestà, e di conseguenza non essere protette da un gruppo familiare (o perché questo non esisteva, o perché, se esisteva, aveva deciso di non intromettersi, segnalando con questo il suo disinteresse per le colpevoli), poteva risolversi in un vantaggio: le donne "per bene", se sbagliavano, potevano essere condannate a morte (in casa, è vero: ma pur sempre a morte). Le donne meno "per bene", invece, nella peggiore delle ipotesi venivano mandate in esilio. E se andava bene se la cavavano con una semplice multa.

Erano molto preoccupati, i romani. Nonostante l'impegno che avevano messo, e che continuavano a mettere, nell'opera di educare le donne alla virtù, erano stati costretti a rendersi conto che qualcosa dovevano aver sbagliato.

A cavallo tra il I secolo avanti e il I secolo d.C., vedevano la città popolata da donne i cui costumi avrebbero fatto inorridire i loro antenati. Delle libertà (alcune delle quali concesse da loro stessi, massima delle beffe) le donne non si limitavano a fare un uso discreto, capace di non sconvolgere le buone, antiche abitudini: ne abusavano, ne approfittavano in modo indecente. Questo pensavano i romani. A loro non piacevano proprio le donne emancipate. Per loro, l'emancipazione era un pericolo sociale. Diceva Cicerone, parafrasando Platone, che là dove donne e schiavi non obbedivano era l'anarchia. Ma le accuse più pesanti alla presunta dissolutezza delle donne vengono da alcuni poeti: in particolare, i poeti satirici.

Giovenale, per cominciare. In lui, la descrizione della nequizia femminile raggiunge livelli paradossali. Al di là di ogni considerazione sulla enfatizzazione e caricaturizzazione della realtà tipica del genere letterario, i versi di Giovenale rivelano una misoginia quasi patologica:

"La lussuria è vizio di tutte, schiave e padrone," scrive nella sesta satira, "da quella che va scalza per le strade della città, a quella che si fa portare in lettiga da schiavi siriani, le donne, tutte, senza scampo, sono dissolute".

Certo. Lo sappiamo: la satira porta la realtà alle estreme conseguenze, ridicolizzandola, non di rado per esorcizzare nel riso il disagio e, spesso, una vera e propria paura. Ma perché avevano paura delle donne, i romani? Cosa temevano?

In primo luogo, che volessero comandarli (come, secondo i poeti satirici, ormai facevano senza un minimo di ritegno). Soprattutto se erano ricche. Un timore diffuso, che Marziale dichiara apertamente:

*Donna ricca sposare? No. Perché,*
*mi domandate. Perché voglio*
*sposare, non essere sposato.*
*La moglie, Prisco, sia soggetta al marito:*
*è la sola eguaglianza possibile tra i due.*

Più chiaro di così. Comandano, pretendono. Ormai, sono convinte che avere un amante sia un loro diritto. Alcune arrivano a pensare che limitarsi a uno solo sia quasi una concessione al marito.

*Mia moglie, Gallo, mi prega*
*di permetterle un amante, uno, non due...*

Sempre Marziale. Ma niente di sorprendente, nel quadro delle immagini femminili tratteggiato dal poeta: la "casta" Levina prende i bagni nelle acque del Lago Averno, o alle terme, e poi si infiamma per un ragazzo, e lo segue, piantando il marito.

La moglie di Alauda accusa il marito di far l'amore con le schiave: ma lei lo fa con i facchini.

Proculeia abbandona il vecchio marito, ex pretore. Non è più abbastanza ricco. E lo congeda con la frase che una volta i mariti usavano dire alle mogli, quando le ripudiavano: *Tuas res tibi habeto*, "riprenditi le tue cose".

Quanto a Gellia, si circonda di eunuchi. Perché mai? Marziale lo spiega all'ignaro marito:

*Vuoi sapere Pannichio, come va*
*che la tua Gellia intorno alle sottane*
*non ha che dei castrati?*
*Teme la levatrice, adora i peccati.*

Siamo arrivati, con questo, a un leitmotiv della letteratura dell'epoca. Le donne non volevano più fare figli.

### *Aborto e contraccezione*

Tra le tante infamie di cui nella rappresentazione dei loro concittadini si macchiavano le dissolutissime donne emancipate, la peggiore era quella di rifiutare la maternità.

Alcune, essi sostenevano, riuscivano astutamente a evitare le gravidanze: secondo Marziale, lo abbiamo visto, così faceva la depravatissima Gellia. Ma Giovenale tiene a farci sapere che non era certamente la sola: le matrone amavano sollazzarsi con gli eunuchi, "dai baci sempre molli, dal volto imberbe"...

Tutte depravate, insomma. E quelle che non riuscivano a evitare le gravidanze, o che non se ne preoccupavano? Ovvio, abortivano. Secondo Ovidio, con molta leggerezza. Secondo il filosofo Favorino, per non sciupare il ventre, e secondo Plutarco "per essere di nuovo ingravidate e provare piacere".

Ed ecco, nelle descrizioni ovviamente maschili – altre non ce ne sono – le donne farsi sballottare sui carri, ricorrere a massaggi e cataplasmi, ingerire bevande considerate espulsive, fare uso dei ferri di tragica, ancora recente memoria. Sistemi tutt'altro che sicuri, ovviamente, e molto pericolosi per chi vi ricorreva.

Ma gli uomini non prendevano in considerazione questo non trascurabile particolare. Se non altro perché l'aborto era così rischioso, avrebbero dovuto pensare che le donne non andavano ad abortire con l'incoscienza di cui le accusavano. Ma non lo pensarono: erano troppo preoccupati di veder messi in discussione i loro diritti. Un punto, questo, sul quale torneremo.

E veniamo ai fatti. Che l'aborto avesse una certa diffusione, all'epoca, era cosa inevitabile.

I contraccettivi non erano particolarmente efficaci. I medici proponevano accorgimenti quali l'uso di pessari consistenti in tamponi di lana imbevuti di aceto e collocati in vagina. Sorano, a questo proposito, indica nella sua *Ginecologia* il periodo del mese nel quale è opportuno ricorrere al pessario e spiega le ragioni per cui il tampone evitava la procreazione: introdotto alcune ore prima del rapporto, e tolto subito prima, se imbevuto di sostanza astringente impediva allo sperma di risalire. Prescindiamo qui dalle sostanze usate: che si trattasse della radice di alcune piante, di aceto o di polpa di fico secco, la loro efficacia era evidentemente assai dubbia.

Altrettanto poco sicuri i rimedi per via orale, indicati sempre da Sorano o dai naturalisti, come Plinio, che suggeriva di ingerire sostanze come l'*asplenos* (una sostanza mai identificata) o la radice di felce.

Per non parlare, poi, dei rimedi popolari: amuleti di ogni genere e specie, che andavano dal fegato di un gatto chiuso in un tubo legato al piede sinistro a un pezzo di matrice di leonessa chiuso in un tubo di avorio legato a una parte qualunque del corpo. Quale potesse essere la loro efficacia è inutile dire. E quando non funzionavano, l'aborto per molte, moltissime donne (quelle, naturalmente, delle classi più povere) diventava una scelta obbligata. Con i rischi che sarebbe superfluo sottolineare ancora.

### *L'aborto diventa un crimine*

Torniamo, dopo questo inciso, all'atteggiamento dei romani in materia di aborto: per loro, non era un problema di coscienza. La condanna dell'interruzione della gravidanza in quanto soppressione di una vita umana è concezione cristiana, che i pagani non condividevano.

Secondo Papiniano, il nascituro *homo non recte dicitur*. Non è giusto, in altri termini, dire che il nascituro è un uomo. Per i romani (in questo assai vicini alla cultura stoica), il feto era solo una *spes animantis*, la speranza, l'aspettativa di una vita umana.

Di conseguenza, quando per qualunque ragione mariti e

padri ritenevano che la moglie o la figlia non dovesse dare alla luce il figlio che aveva concepito (se, ad esempio, la moglie aveva già dato al marito un numero sufficiente di figli, oppure se vi erano dubbi sulla legittimità di un concepimento), era normalissimo che impartissero l'ordine di abortire: e alla donna, ovviamente, non restava che obbedire.

Ma il fatto che l'aborto non ponesse problemi di coscienza non significa che non fosse un problema. Lo era, ma per altre, ben diverse ragioni. Quel che i romani non potevano ammettere era che una donna decidesse di sua iniziativa di interrompere la gravidanza.

Al tempo di Romolo, una legge a lui attribuita aveva stabilito che l'aborto procurato dalla moglie all'insaputa del marito era una giusta causa di ripudio. Con che frequenza questo accadesse e se questa regola fosse applicata non sappiamo, ma di certo ai tempi di Augusto l'aborto era diventato un problema scottante. Le donne che abortivano, decidendolo autonomamente, nella mentalità dei romani defraudavano il marito di un diritto che non poteva esser loro sottratto: controllare la moglie e controllare la discendenza.

Non a caso, dunque, l'aborto era vietato solo alle donne sposate. E perché il controllo non sfuggisse loro di mano, i romani introdussero nuove regole giuridiche.

In età imperiale, sotto Marco Aurelio e Lucio Vero, un tal Rutilio Severo, dopo aver divorziato dalla moglie che a suo giudizio era incinta e negava di esserlo, si rivolse agli imperatori sottoponendo loro il caso. E la risposta fu la seguente: "Che la donna si rechi da tre ostetriche, che queste accertino il suo stato. E se risulterà incinta, che le sia nominato un custode, per impedirle di abortire". Interessante notare che la donna incinta veniva indicata con il termine *venter*, "il ventre", e il suo custode era chiamato "curatore del ventre".

Ma il "curatore", nominato caso per caso, non era un rimedio sufficiente. Nella convinzione che l'aborto fosse rischioso per la compagine sociale (sia perché metteva in discussione il potere maschile, sia perché la crescente denatalità era ormai un problema molto grave), si ritenne opportuno dettare nuove regole in materia. E così l'aborto – che come l'adulterio era stato per secoli un fatto privato, e tale era rimasto fino a tutto il II secolo d.C. – al tempo di Settimio Severo e Antonino Caracalla (198-211 d.C.) divenne un crimine.

L'occasione fu offerta dal caso di una donna che aveva abortito dopo il divorzio, per non dare un figlio al marito ormai "nemico". Sottoposto agli imperatori, il caso fu così risolto: la donna meritava la pena dell'esilio. Per la prima volta nella storia di Roma, l'interruzione della gravidanza veniva punita con una sanzione pubblica.

Ma la disposizione imperiale non era ispirata al desiderio di adeguarsi ai precetti cristiani. La colpa che veniva punita non era la soppressione della vita, ma la violazione di un diritto maschile. Nel commentare il rescritto di Settimio Severo e Caracalla, il giurista Marciano è esplicito: la pena veniva applicata perché era indegno che la donna potesse "impunemente defraudare il marito della prole".

### *Intermezzo*
### *Neonati abbandonati*

Quando un capofamiglia veniva a conoscenza di una gravidanza indesiderata (evidentemente, da lui), aveva un'altra possibilità, in alternativa a quella di imporre l'aborto: con il suo consenso, la gravidanza giungeva a termine e il neonato, al momento stesso della nascita, veniva "esposto", vale a dire abbandonato alla sua sorte.

Se il capofamiglia sceglieva questa ipotesi, l'ordine di esporre il bambino veniva dato, implicitamente, durante la solenne cerimonia che si celebrava in ogni casa romana subito dopo un parto. Essa consisteva nel deporre il neonato a terra ai piedi del capofamiglia: se questi intendeva accet-

tarlo nella famiglia e sotto la sua potestà lo sollevava da terra, alto sulle braccia (se il neonato era di sesso femminile, peraltro, si limitava a dare l'ordine di allattarlo). La mancanza di questo gesto o di queste parole comportava, automaticamente, l'ordine di abbandonare il bambino.
Interessante notare, a questo proposito, che teoricamente il diritto romano guardava con sfavore alle "esposizioni".
Il primo a cercare di limitarne l'esercizio fu Romolo, con una legge che stabiliva una sanzione economica a carico di chi esponeva un figlio maschio o la figlia primogenita. L'esposizione delle figlie cadette, dunque, non era sanzionata, e la ragione per cui non lo era è evidente: in una società agricola, qual era Roma agli inizi della sua storia, una figlia appena raggiunta l'età doveva andare sposa, trasferendosi in un altro gruppo familiare e portando con sé una dote (l'ipotesi che una donna non si sposasse era infatti inconcepibile). Di conseguenza, la presenza in casa di un numero eccessivo di figlie femmine costituiva un problema economico così serio da far considerare giustificato l'abbandono (con l'ovvia esclusione della primogenita, perché un certo numero di donne era pur sempre indispensabile).
Ma, come è ben noto, non sempre una regola giuridica viene osservata. E a mostrare che in questo caso non lo fu praticamente mai sta il fatto che, per tutto il corso della storia di Roma, il divieto di abbandonare i neonati venne periodicamente ribadito. Senza mai essere rispettato.

## *A letto con il nemico*

Erano difficili i rapporti fra i sessi, a Roma. Come se non bastasse quel che abbiamo visto, ad aumentare le tensioni riaffiorava anche il ricordo di episodi che nel passato avevano a dir poco turbato i rapporti tra i due sessi.

A più riprese – a giudicare da quel che le fonti raccontano – le matrone romane avevano dimostrato una deplorevole tendenza a maneggiare i veleni. Non solo per liberarsi dei mariti (iniziative individuali ovviamente sgradevoli, ma che in fondo rientravano nella natura delle cose). Quel che preoccupava veramente era che più di una volta si erano coalizzate e avevano agito in gruppi che, usando l'arma insidiosissima del veleno, avevano seminato la morte tra centinaia e centinaia di uomini. A volte, addirittura alcune migliaia.

Il primo caso si era verificato nel 331 a.C., quando alcuni noti personaggi erano morti in circostanze misteriose e una schiava, che aveva chiesto e ottenuto l'impunità in cambio della rivelazione, aveva denunciato all'edile curule che un gruppo di matrone aveva preparato e somministrato alle vittime potenti veleni. L'indagine era scattata immediatamente e nelle case delle matrone accusate erano state trovate delle pozioni misteriose, che erano state portate nel Foro. Alcune delle accusate avevano giurato che si trattava di "veleni buoni", come venivano chiamati i medicinali. Ma la loro accusatrice le aveva sfidate a berli, e dopo averli bevuti le matrone erano morte.

Il fatto era talmente grave che era stato necessario purificare la città: quanto era accaduto non poteva essere che un *prodigium*, un segno dell'ira divina, che andava placata con un atto espiatorio. E successivamente si era proceduto a nominare un'apposita commissione giudicante, che aveva sottoposto a regolare processo altre indiziate. Ben centosettanta, tutte condannate a morte.

Il secondo, celebre caso era legato al rito dei Baccanali. Il culto di Bacco aveva avuto gran successo e godeva di un notevole seguito soprattutto presso le donne. Nei primi decenni del II secolo a.C. lo stato, fortemente preoccupato, decise di reprimerli. Erano culti che portavano con sé, tra l'altro, una promiscuità doppiamente pericolosa, perché vi partecipavano anche gli schiavi. Il pericolo sociale era evidente.

Durante un processo celebrato nel 186 a.C. (che questa

volta aveva visto sul banco degli imputati per "congiura contro lo stato" anche degli uomini) alle donne era stata mossa, fra le altre, la solita accusa: l'uso dei veleni, appunto. E quando il processo aveva avuto termine le donne riconosciute colpevoli erano state consegnate ai familiari perché provvedessero a metterle a morte.

Infine, tra il 184 e il 180 era scoppiata una misteriosa epidemia e la commissione incaricata di indagare aveva stabilito che le colpevoli erano delle donne: questa volta, più di duemila. Il processo si era concluso con oltre duemila condanne, tra le quali quella della vedova di una delle vittime, accusata di aver avvelenato il marito per favorire l'accesso al consolato del figlio di primo letto.

*Protesta femminista?* In effetti, la situazione era seria. Perché mai le donne – non una, due singole donne, ma veri e propri gruppi, evidentemente organizzati – avevano programmato e commesso simili crimini?

Negli anni settanta del Novecento – anni forti del femminismo – c'è stato chi ha parlato di un'azione politica delle donne dell'aristocrazia romana, volta a far valere i loro diritti. Ma parlare di femminismo a Roma è del tutto anacronistico. Mancavano i presupposti, mancava qualcosa che somigliasse sia pur vagamente a una coscienza "di genere".

Tra le donne esisteva una solidarietà di classe, che si manifestava rivendicando privilegi: indossare i gioielli (ad esempio, quando sostennero l'abrogazione della legge Oppia, vedi p. 69), non pagare le tasse (come fecero, nel 31 a.C., quando si tentò di tassare i loro patrimoni, sino ad allora esentasse). Ma non scesero mai in piazza per i loro diritti.

Le ragioni dei processi dovevano essere altre, e non vanno cercate nell'insoddisfazione delle donne. Vanno cercate nelle ancestrali paure della psiche maschile.

La paura delle donne in quanto tali (non di singole donne, non della propria moglie o amante) risale a un'epoca ben più remota di quella in cui i romani cominciarono a temere le conseguenze dell'emancipazione femminile.

Gli uomini temevano le donne dal lontano, dimenticato momento in cui loro, gli uomini, procuravano il cibo andando a caccia, e le donne, più stanziali, avevano imparato a conoscere le proprietà buone e cattive delle erbe, delle bacche e delle spezie, ed erano diventate esperte di medicamenti e veleni.

Per questo così spesso, nell'antichità, le donne avevano fama di maghe. Solo loro sapevano maneggiare materiali che potevano avere sia effetti benefici ("veleni buoni", *bona venena*), sia, a volte, addirittura letali ("veleni cattivi", *mala venena*).

A Roma, ad esempio, a margine di alcuni culti femminili rigorosamente vietati agli uomini – come il culto di *Bona Dea* – si era creata una circolazione di conoscenze mediche, destinate ad aiutare le donne durante la gravidanza e dopo il parto: e presso il tempio della dea, scrive Macrobio, si trovava una farmacia, ove le sacerdotesse confezionavano i medicamenti.

Ma dei medicamenti a volte le donne facevano cattivo uso: ad esempio, quando li usavano per procurarsi un aborto all'insaputa del marito (era questo l'"avvelenamento della prole", punito da Romolo con il ripudio), o – perché escluderlo – anche per uccidere.

Com'è ovvio, molti romani pensavano che lo facessero perché naturalmente dissolute: secondo Catone il Censore, tutte le donne erano adultere e a Roma non c'era adultera che non fosse un'avvelenatrice.

Inutile dire che il problema era ben altro: gli episodi di cui abbiamo parlato fanno pensare, senza possibilità di dubbio, a qualcosa di ben diverso da semplici rese dei conti coniugali. Centinaia di morti, migliaia di condanne. Scartata l'idea di una rivolta femminista, ce n'è quanto basta per insospettirsi e cercare di capire cosa si nascondesse dietro a questi avvenimenti. E la spiegazione sembra stare nella radicata fiducia che i romani continuavano, e continuarono sempre, ad avere nelle pratiche magiche. All'oscuro di come si confezionavano i filtri d'amore e di morte, e perfettamente consapevoli della competenza con cui le donne li maneggiavano, gli uomini sospettavano delle donne, e non poco le temevano.

Ma rimane una curiosità: le accuse erano basate sulla paura, o erano fondate? Sarebbe troppo lungo e complesso, qui, cercare di dare una risposta. Quel che abbiamo visto, comunque, basta a far registrare, nei confronti delle donne, un clima di diffidenza e sospetto che doveva contribuire non poco a rendere problematici i rapporti fra i sessi, già di per sé non semplicissimi per tante altre ragioni.

## *Salvare la famiglia: le adultere sull'isola*

A porre un freno alle libertà che le donne si erano prese aveva provveduto – o meglio, aveva creduto di provvedere – il piissimo Augusto. I valori della famiglia erano andati perduti, diceva, Roma era in pericolo; bisognava che le donne capissero che il matrimonio era il loro orizzonte, e dare figli a Roma il loro dovere.

E così, tra il 18 e il 19 a.C., accanto alle leggi che volevano porre rimedio al calo delle nascite, fece approvare una "legge Giulia sugli adulteri", dove per adulterio si intendevano tutte le relazioni extramatrimoniali intrattenute da una donna, coniugata, vergine o vedova che fosse. A meno che, naturalmente, non fosse una prostituta o una ruffiana, e fatto salvo il rapporto di concubinato, che per la sua stabilità era ritenuto degno di una certa tutela. La pena era la deportazione a vita su un'isola (naturalmente, non la stessa su cui veniva relegato l'amante).

Ma la vera, grande novità introdotta dalla legge consisteva nel fatto che l'adulterio non veniva più punito in famiglia. Adesso era un “crimine”, vale a dire un illecito penale pubblico. Le conseguenze non erano da poco: i crimini, infatti, potevano essere denunciati e perseguiti per iniziativa di qualunque cittadino e venivano giudicati dinanzi a tribunali pubblici.

Nessuno, a Roma, accolse con favore la legge Giulia, che di fatto non venne quasi mai applicata. In primo luogo, infatti, risulta dalle fonti che in un intero secolo si celebrarono poco più di una decina di processi per questo crimine. Difficile credere che, in cent’anni, il numero di adulteri si potesse contare sulle dita di due mani. I processi, semplicemente, non venivano celebrati perché i romani non accettavano un’intrusione dello stato negli affari di famiglia.

La posizione di Augusto, in una simile situazione, era tutt’altro che facile. Prescindiamo pure dal fatto che la sua condotta non corrispondeva affatto ai dettami delle sue leggi (secondo la voce popolare, aveva avuto numerose relazioni extraconiugali – per non parlare degli amori omosessuali giovanili); e prescindiamo anche dal suo problema con la figlia Giulia, il cui comportamento notoriamente molto disinvolto era la favola di Roma.

Il problema più serio, tuttavia, era la quantità di persone che non accettavano che lo stato dettasse le regole della loro vita privata. A un secolo di distanza, Tacito accusava Augusto di aver introdotto le spie nelle famiglie: “Ogni casa era sconvolta dagli intrighi dei delatori. Prima erano i delitti a provocare dei mali, adesso le leggi”. Mai legge fu più impopolare della legge Giulia.

Alle questioni di principio, poi, si aggiungevano ragioni e interessi concreti: certo, accusare di adulterio la moglie, la sorella o la figlia altrui poteva essere una soddisfazione e un modo per colpire un nemico. Ma se la prassi prendeva piede si correva il rischio di essere vittima di analoghe vendette. Le ragioni per cui la legge Giulia non veniva applicata, insomma, erano le più svariate. E determinarono il suo totale fallimento.

Povero Augusto. Se la legge Giulia fosse stata semplicemente un fiasco, avrebbe anche potuto tollerarlo. Ma che le sue virtuose intenzioni venissero pubblicamente sbeffeggiate, era davvero troppo. Eppure fu proprio quel che accadde.

A non apprezzare affatto la nuova legge, infatti, oltre agli uomini furono anche, per ragioni evidentemente diverse, le matrone romane, che manifestarono pubblicamente e clamorosamente la loro contrarietà con un'iniziativa straordinaria e – tranne per il povero Augusto – divertentissima.

La legge, lo abbiamo visto, escludeva dal suo campo di applicazione le prostitute e le ruffiane. Ebbene: un bel giorno, i romani assistettero a una scena inaudita (a raccontarla sono Svetonio, Tacito e Papiniano). Un buon numero di matrone – quante non sappiamo, ma certamente un numero significativo – uscirono dalle loro case e andarono a registrarsi negli elenchi delle donne che esercitavano queste professioni.

Un'azione dimostrativa? Certo, ma non un atto isolato. Registrarsi come prostitute divenne quasi una moda, che si protrasse nel tempo, oltre la morte di Augusto. Il delicato problema venne così ereditato dal successore di questo, Tiberio, che secondo Svetonio decise di punire le intraprendenti matrone inviandole tutte in esilio. E Tacito scrive che quando all'elenco delle prostitute si iscrisse una tal Vistilia, appartenente alla classe equestre, l'imperatore vietò l'esercizio della prostituzione alle donne di questo rango. Si dice anche che egli propose e fece approvare un senatoconsulto, in forza del quale sarebbe stato possibile accusare di adulterio le donne che si erano dichiarate prostitute per aggirare la legge. Tiberio, insomma, si sforzò in ogni modo di far applicare la legge Giulia. A un certo punto avrebbe addirittura proposto che le adultere, in mancanza di un pubblico accusatore, venissero giudicate come un tempo dai parenti.

Le matrone avevano messo in seria difficoltà il potere costituito. Ma perché lo avevano fatto? È possibile, è pensabile, che di fronte al rischio di finire i loro giorni su un'isola preferissero essere bollate pubblicamente come prostitute?

In verità, è molto difficile crederlo. La legge, di fatto, non veniva applicata. Le matrone sapevano benissimo di non correre praticamente alcun rischio. La loro iniziativa ha i caratteri di un'aperta provocazione, non priva – si direbbe – del desiderio di sbeffeggiare il moralismo di Augusto. Ha tutta l'aria di essere, e fu, un ironico atto di disobbedienza civile.

Pensando di intimorirle con una legge, Augusto aveva commesso un grave errore politico: aveva sottovalutato le donne. La convivenza con la casta, ragionevole, controllatissima Livia gli aveva impedito di capire che non tutte le donne erano come sua moglie. Molte, molte più di quante non pensasse erano, semmai – nel loro desiderio di autonomia – assai più simili a sua figlia Giulia. Se è vero che nel comportamento di questa (di cui diremo al prossimo paragrafo) aveva giocato anche il desiderio di ridicolizzare il padre, le sue concittadine completarono degnamente la sua opera.

### *Scandalosa Giulia*

Il giorno stesso in cui Giulia nacque, Augusto ripudiò la moglie Scribonia. Si era follemente innamorato della giovane Livia Drusilla, che di lì a poco avrebbe sposato. Giulia, dunque, passò l'infanzia e l'adolescenza sotto il controllo dell'austera, severissima matrigna.

Livia, in effetti, era la moglie perfetta per Augusto, che dopo aver assunto il ruolo di moralizzatore dei costumi voleva che la sua casa fosse il modello delle antiche, perdute virtù. E Livia lo assecondava: le altre donne, in città, indossavano vesti sfarzose e costosi gioielli? Lei, come le sue antenate, filava e tesseva la lana con cui venivano confezionate le vesti che Augusto si vantava di indossare.

Volente o nolente, Giulia seguiva l'esempio, filando e tessendo. Ma era molto giovane, era bella, vivace, curiosa del mondo e delle persone, e amava divertirsi. Il clima austero della casa augustea non era per lei. La libertà arrivò, finalmente (dopo che il primo marito, debole e malaticcio, la lasciò vedova a quindici anni), quando venne data in moglie a Marco Vipsanio Agrippa. Aveva diciott'anni, e a partire da quel momento la sua vita cambiò. Non era più solo la figlia di Augusto, era la moglie di colui al quale Augusto doveva le sue conquiste militari: dopo di lui, l'uomo più importante di Roma. Ormai, Giulia poteva rivaleggiare con Livia per il titolo di prima signora della città. E lo fece: ovviamente a modo suo, e con uno stile assai poco "augusteo".

Da un certo punto di vista, questo va detto, Agrippa non poteva lamentarsi di lei: in rapida successione gli diede ben quattro figli, due maschi e due femmine. Ma a parte questo era una moglie molto particolare.

Bella, colta, intelligente, brillante conversatrice, Giulia adorava la moda, le feste, i giochi nel circo, i teatri, gli spettacoli di gladiatori, le gite nelle ville d'ozio (come i romani chiamavano le seconde case) disseminate sulle coste del Lazio e della Campania. Rapidamente, divenne il personaggio più in vista del bel mondo romano. Le voci cominciarono presto a circolare: Giulia era licenziosa, Giulia era dissoluta, Giulia aveva molti amanti...

Lei non faceva nulla per evitare i pettegolezzi. Al contrario, sembrava si divertisse ad alimentarli, incoraggiando ammiratori e corteggiatori, e intrecciando apertamente avventure amorose delle quali, naturalmente, tutta Roma era al corrente. Essendo molto spiritosa, inoltre, a volte se ne usciva con battute che facevano immediatamente il giro della città. La più celebre – riportata da Macrobio – era la risposta data a chi le chiedeva come mai, nonostante i molti amanti, tutti i suoi figli fossero assolutamente identici ad Agrippa. Semplice, rispose serafica Giulia: "Non prendo mai un passeggero, se la nave non è già carica".

Di certo, il suo comportamento era una voluta, provocatoria sfida all'ipocrisia del padre. Dietro al monumento alla coppia perfetta che Augusto aveva innalzato sposando Livia, si nascondevano – da parte di Augusto – piccole e grandi trasgressioni, sia etero- sia omosessuali. Con la sua vita, Giulia faceva vacillare quel monumento.

Torniamo al suo matrimonio. Anche se chiacchierato, proseguiva tutto considerato senza scosse. Ma nel 12 a.C. Agrippa morì. E Augusto diede Giulia in moglie a Tiberio, figlio di primo letto della moglie Livia.

Si illudeva forse, così facendo, di controllarla? In questo caso si sbagliava di grosso. Tiberio, costretto, per sposarla, a divorziare dalla moglie con la quale aveva una buona intesa, non aveva alcuna intenzione di cimentarsi in un'impresa disperata come quella di addomesticare Giulia, che ricambiò la sua comprensione esibendo ancor più provocatoriamente di prima le sue avventure.

Tiberio, che per rispettare la legge voluta dal suocero (la legge Giulia sugli adulteri) avrebbe dovuto denunciarla come adultera, se ne andò in volontario esilio a Rodi e vi restò otto anni. Per Giulia, la situazione ideale. Se non che, a un certo punto, accadde qualcosa di inaspettato, che determinò la sua rovina. Augusto (per ragioni sulle quali si è discusso all'infinito e si continua a discutere) la denunciò come adultera.

Incerte, allora come oggi, le vere ragioni: certamente, ignorare il comportamento della figlia era diventato impossibile, e non accusarla significava esporsi a critiche troppo pesanti (o, in alternativa, al ridicolo). Ma forse c'era qualcosa di più. Gli amanti di Giulia non erano uomini che potessero essere ignorati. Erano di rango così elevato e politicamente così importanti da far pensare, più che a semplici amanti, ai membri di una vera e propria congiura contro Augusto.

Si disse – si dice ancora – che del gruppo dei "congiurati" facesse parte anche Ovidio. Brillante, mondano, anticonformista, Ovidio in effetti frequentava gli stessi ambienti: e come sappiamo, esattamente come Giulia, dopo tanti successi, cadde in disgrazia al punto da essere allontanato per sempre da Roma. E da Tomi, dove era stato relegato, attribuì i suoi mali – sappiamo anche quando – a "un carme e un errore". Il carme, ovviamente, era *L'arte di amare*. E l'errore? È possibile si trattasse della sua vicinanza – se non di una vera e propria partecipazione – al gruppo dei presunti congiurati?

E Giulia? Che accadde di lei? Al termine del processo venne condannata a essere relegata nell'isola di Pandataria (oggi Ventotene). Ad accompagnarla, una sola persona: la madre, alla quale era stata tolta alla nascita.

Furono terribili, gli ultimi anni di Giulia, su quello scoglio assolato, abbandonato, dove non poteva ricevere visite e dove, per impedirle un minimo di conforto, era stato persino proibito recapitarle del vino. Crudeltà allo stato puro.

Dopo cinque lunghi anni, infine, venne trasferita a Reggio Calabria, dove morì. A Roma non tornò mai più.

PS Avvertimento per chi avesse visto il film su Augusto con Peter O'Toole, dove Giulia accorre, affranta, al letto di morte del padre. Non le fu permesso neppure quello. Ma chissà, poi, se – qualora le fosse stato concesso – avrebbe voluto farlo. Le fonti ripetono che Augusto amava teneramente Giulia. Onestamente, in questo caso – pur tenendo sempre presente che l'amore cambia nel tempo – riesce veramente difficile crederlo.

### *Quel che gli uomini non possono (tra loro)*

Per molti secoli, gli amori omosessuali riprovati (sia quelli con un ragazzo libero, sia quelli "passivi" degli adulti ) erano stati, di fatto, colpiti solo da sanzione sociale.

Attorno al 225 a.C., una legge, detta Scatinia (o Scantinia), li aveva puniti, ma solo sulla carta. Le sanzioni di legge (peraltro mitissime, solo una piccola multa) non venivano applicate.

A dimostrarlo (con riferimento, per cominciare, al divieto di "amare" un ragazzo libero) sta un interessantissimo provvedimento del pretore urbano, che attorno al 200 a.C. emanò un editto contro coloro che per strada seguivano, disturbavano e cercavano di insidiare le matrone e i ragazzi di nascita libera.

I ragazzi, infatti, erano oggetto – esattamente al pari delle donne – di corteggiamenti e avance stradali, che si ritenne di dover scoraggiare.

Le avance e le molestie stradali punite dal pretore erano di tre tipi. Il primo consisteva nel seguire la donna o il ragazzo "silenziosamente e con insistenza"; il secondo, nel sottrarre la scorta che – come segno del loro status sociale e della loro onestà – accompagnava per strada tanto le matrone quanto i ragazzi; il terzo consisteva nel rivolgersi alla donna o al ragazzo con parole dolci, suasive, con complimenti, inviti e proposte: una via di mezzo tra quel che continuano a fare oggi (escluso chiaramente l'allontanamento della scorta) i cosiddetti "pappagalli stradali", e quelli che oggi vengono definiti "stalker".

Evidentemente, la legge Scatinia, con riferimento al divieto di "amare" i ragazzi liberi, non aveva avuto alcun effetto. Così come, lo vedremo subito, non ne ebbe neppure nella parte in cui vietava di assumere il ruolo sessualmente passivo.

## *L'uomo che si fa donna*

Nella seconda satira di Giovenale, un uomo lamenta che la legge Giulia non venga applicata. Apparentemente, è un difensore a oltranza dei vecchi costumi sessuali: in realtà – come giustamente gli fa notare una donna, Laronia, stanca delle sue continue invettive – è un vero, disgustoso ipocrita.

Basta guardarti, gli dice Laronia: tutto azzimato, profumato, effeminato. Ti si riconosce a prima vista, neanche tu rispetti le leggi: parli delle donne, ma ti sei dimenticato della legge Scatinia. Ma dimmi

*...dove comperi codesti*
*balsami che si effondono dal tuo*
*collo peloso? Non ti sia vergogna*
*il padrone indicar della bottega!*
*Che se leggi s'invocano e sentenze*
*prima si citi la Scatinia legge.*
*E innanzi tutto, guarda e studia i maschi:*
*ne fan di più, ma il numero difende*
*sotto gli scudi le loro fitte schiere.*
*Tra i patici perfetta è la concordia...*

Letteralmente, *pathicus* è "colui che subisce": si fanno forza del numero, che li difende come uno scudo, i patici sono una vera falange...

Evidentemente, neppure la disposizione della legge Scatinia relativa all'omosessualità passiva veniva rispettata. L'unica sanzione contro gli omosessuali passivi era sociale: l'uomo che accettava di essere sessualmente sottomesso – pensavano i romani – si era "fatto donna". E per segnalare la sua mancanza di virilità ricorrevano a una variegata terminologia che andava dallo sbeffeggio allo spregio, alla più volgare oscenità. Ma di casi nei quali la multa prevista dalla legge venne applicata, non abbiamo notizia.

*Vogliono persino sposarsi...*

Laronia aveva ragione: i patici erano tanti. A confermarlo, per cominciare, i soliti poeti. Di nuovo, in particolare, i poeti satirici:

*Guata, Deciano, quel barbuto sciolto*
*di cui tu stesso temi il corrugato*
*ciglio, che sempre in bocca ha Curii*
*e Camilli, della repubblica i campioni;*
*della sua grinta non ti fidare:*
*fu donna, ieri.*

Così Marziale: impietoso, ferocissimo nel denunciare i "passivi", i "mollacchioni" (*molles*), i "cinedi" (termine volgare, estremamente offensivo). Ce ne sono tanti, a Roma, troppi. Marziale non perde occasione per svergognarli:

*Illo, tutto il tuo avere*
*spesso son poche lire*
*fruste più del tuo culo. Eppure non è il fornaio,*
*non è l'oste che le piglia,*
*ma chi vanti di pene mezzo miglio.*
*E il ventre assiste, triste,*
*ai cenoni del culo:*
*il poverino muore di fame*
*quello, di indigestione.*

Arriva addirittura a pagare, Illo, per farsi sottomettere. Non ha ritegno, non tenta neppure di nascondere il proprio vizio, come altri fanno. Ad esempio come Nevolo, che lo consuma all'interno della sua casa. Discrezione inutile. Marziale non ha pietà:

*Non sono un indovino: ma se duole*
*l'uccello al tuo schiavetto,*
*e a te, Nevolo, il culo*
*mi viene un sospetto.*

Non molto diverso, per non dire identico, l'atteggiamento di Giovenale, che al problema dedica un'intera satira. I suoi concittadini sono disgustosi, per le strade di Roma si vedono uomini che in realtà non sono tali: raccolgono i lunghi capelli in reticelle d'oro, camminano ondeggiando le natiche, si massaggiano il viso con pane compresso per lisciare la pelle, si allungano le sopracciglia con la fuliggine e si dipingono gli occhi, indossano monili al collo e vesti di raso dai colori sgargianti, a scacchi gialli e azzurri; alcuni si presentano avvolti in veli di mussola...

E poi ci sono quelli che, perso ogni ritegno, si sposano, uomo con uomo: nel corso del rito, uno dei due, nel ruolo e in veste di sposa, porta la dote... Siamo arrivati a un punto, dice Giovenale che

*...se per poco ancora*
*si campa, si faranno, oh si faranno*
*simili riti in pubblico, e per giunta*
*si vorrà nei civili atti segnarli.*

Anticipa i tempi, Giovenale. Vede imminente quel che accadrà molti secoli dopo: la richiesta di registrazione dei matrimoni gay. E anticipa anche – se non la rivendicazione del diritto di adottare – il desiderio delle coppie omosessuali di avere dei figli:

*...frattanto* – scrive – *un gran cruccio han fitto in cuore codeste spose: non poter figliare e con la prole a sé legar gli sposi.*

Naturalmente, nella sua ottica, questo desiderio è sentito solo da quello dei due che si è "fatto donna", caricatura ed esempio estremo di quanto siano patetiche "queste spose".

Ma la sua testimonianza, anche sul punto specifico dei "matrimoni gay", non è priva di rilevanza: ovviamente, i matrimoni omosessuali non erano all'ordine del giorno, come la lettura della satira può far pensare. Ma non erano neppure del tutto sconosciuti a Roma: Nerone, racconta Svetonio, si sposò due volte, con due uomini. La prima, nel ruolo di marito, sposò Sporo dopo averlo fatto castrare; la seconda, nel ruolo di moglie, sposò il liberto Doriforo.

Superfluo dirlo, siamo di fronte a gesti di estremo, provocatorio esibizionismo da parte di chi poteva tutto permettersi. Il nome di Nerone basta a dimostrarlo. Ma questo non toglie che, ormai, i rapporti omosessuali teoricamente vietati non venissero più vissuti nel silenzio e nella vergogna.

### *Il marito di tutte le mogli, la moglie di tutti i mariti*

Meritano molta attenzione, gli amori di Cesare. Oltre a raccontare la vita di un uomo da ogni punto di vista assolutamente fuori dell'ordinario, possono anche essere visti come un punto di passaggio tra i vecchi costumi sessuali e quelli che si diffonderanno nell'Impero, diventando, a quanto si direbbe, comportamenti di massa, e determinando pesanti interventi legislativi degli imperatori cristiani.

Cesare infatti, com'è ben noto, era bisessuale, ed era al tempo stesso sessualmente attivo e passivo (o quanto meno, era stato passivo in gioventù).

Tutta Roma lo sapeva: quando, giovanissimo, era andato in Bitinia, era diventato l'"amato" del re Nicomede. Bibulo, il suo collega console, lo chiamava "la regina di Bitinia". Ottavio durante un'assemblea si era rivolto a lui chiamandolo "regina". Curione lo definiva "postribolo di Nicomede" e "bordello di Bitinia".

Catullo lo chiama esplicitamente "cinedo" e allude alla sua mancanza di virilità insinuando che la sua pelle non era scura, ma bianca. Per noi incomprensibile, la cosa era più che chiara ai romani, che consideravano il pallore un segno, appunto, di passività sessuale.

L'accusa di effeminatezza tornava nell'insinuazione che indossasse la toga lasciandola strisciare languidamente, come un "mollacchione". Durante il trionfo per la conquista della Gallia, i suoi soldati (ai quali, in quelle occasioni, era data licenza di irridere i loro comandanti) cantavano: "Cesare ha sottomesso la Gallia, ma Nicomede ha sottomesso Cesare".

Eppure, nonostante tutto questo, Cesare era rispettato. Era pur sempre Cesare, il grande conquistatore. In tutti i sensi. Dal punto di vista sessuale, aveva fama di grande amatore di donne: a quanto pare, non ce n'era una che resistesse al suo fascino.

Era stato l'amante delle mogli di molti dei suoi nemici, ma anche di molti suoi amici. Per non parlare delle conquiste nelle province, quando era governatore. Una delle canzoni cantate durante il suo trionfo invitava i mariti a chiudere le porte di casa: in città, alla testa dei suoi soldati, entrava l'adultero calvo. Da non sottovalutare il gioco di parole sulla calvizie, da cui Cesare era afflitto, e che nella visione popolare era segno di passività sessuale.

A tutto questo andavano aggiunte le conquiste regali: oltre alla celebre storia con Cleopatra, da cui ebbe un figlio (vedi *Cleopatra e Cesare*, pp. 167-168), si parlava, tra le altre, di una relazione con Eunoe, moglie del re di Mauritania.

Era inconsueto, insomma, il modello sessuale che Cesare offriva ai romani. La sua immagine di dominatore politico e conquistatore di donne "sdoganò" la passività sessuale, aprendo la via – quanto meno da parte degli imperatori – all'esibizione di ogni tipo e genere di pratiche. Tra i primi quindici imperatori, dice Gibbon, il solo rigorosamente eterosessuale fu Claudio. Gli altri erano omosessuali, ma non secondo le regole del buon tempo andato. Si abbandonavano a ogni tipo di lussuria e depravazione.

È chiaro che sarebbe semplicistico ridurre le cause della diffusione della passività sessuale all'esempio dei potenti, ma di certo questo esempio contribuì in qualche misura a renderla più visibile. Proprio nel momento in cui due eventi tutt'altro che secondari contribuivano a cambiare profondamente la cultura e l'etica sessuale dei romani in un senso molto diverso, per non dire opposto, a quello sin qui esaminato: il passaggio dalla Repubblica all'Impero e l'avvento del cristianesimo.

### *Sesso e politica: nasce la morale di coppia*

Nei primi due secoli dopo Cristo, nella società romana si verificò una profonda metamorfosi dei costumi e dell'etica sessuale. La vita della classe dirigente, in quei secoli, cambiò radicalmente.

Sino ad allora, i capifamiglia avevano fondato il loro prestigio sul loro potere, e sulla capacità di imporlo agli altri. Tramontata la Repubblica, con il nuovo regime politico la loro situazione era diversa: ormai, erano tutti sudditi dell'imperatore, tutti ugualmente soggetti a un potere superiore.

Finito il tempo in cui fondavano la loro identità sulla possibilità di dominare, anche la loro psicologia cambiò. A questo punto, la famiglia, da luogo di esercizio del potere, divenne un rifugio. A sera, dopo giornate spese in faticose riunioni cui non erano abituati, tornavano volentieri a casa (a differenza di un tempo): quanto meno, lì potevano confidarsi con una persona di assoluta fiducia, sulla cui solidarietà potevano contare, qual era la moglie.

Dettata da esigenze indiscutibilmente egoistiche, da un bisogno sempre più forte di tranquillità e rassicurazione – oltre che dalla necessità di adattarsi a un nuovo conformismo sociale – tra le classi alte, per esigenze proprie di queste classi, era nata la morale di coppia, che rapidamente si diffuse a tutta la popolazione.

Gli altri ceti sociali – si dice – videro nella capacità di rendere il loro comportamento simile a quello dei potenti lo strumento del loro riscatto morale e sociale. Liberamente e spontaneamente, quindi, la nuova morale si generalizzò e si diffuse come morale comune.

### *Il sesso stanca: l'etica della continenza*

A rafforzare la nuova etica sessuale contribuì un altro fattore. In quei secoli (i primi due dell'Impero) il sesso era visto come un serio pericolo per la salute.

A spiegarne la ragione, ecco le opere dei medici: sempre più di frequente, essi si trovavano di fronte pazienti che accusavano sintomi come un affaticamento cronico, un senso generale di disagio, un imprecisato malessere, una grande, invincibile spossatezza.

Le cause erano legate al cambiamento dello stile di vita dovuto al nuovo corso politico. La vita del funzionario del principe era faticosa, stressante, malsana. Abituato da sempre a vivere all'aperto e a dedicare gran parte del tempo all'attività fisica, il nobile romano ora era costretto a partecipare a interminabili riunioni, incontrare altri funzionari, discutere con loro, passare lunghe ore in luoghi chiusi. Non aveva più possibilità di camminare, di dedicarsi alle attività sportive e alla cura del corpo. La vita sedentaria lo impigriva, lo faceva ingrassare. Il continuo confronto, la competizione con i concorrenti gli affaticavano la mente, mettevano a dura prova il suo sistema nervoso e lo sottoponevano a tensioni alle quali non era abituato. E i medici, di fronte al numero sempre maggiore di pazienti che denunciavano questo tipo di problemi, suggerivano concordemente una cura: controllare gli eccessi sessuali, quali che fossero.

Secondo la precettistica medica, ogni emissione di seme era dannosa. Così scrive Sorano, medico greco vissuto intorno al II secolo d.C. ad Alessandria. Per i romani, che per secoli avevano affidato agli exploit sessuali la riconferma della loro identità virile, si trattava di qualcosa di assolutamente nuovo, ma – tutto considerato – abbastanza rassicurante. E, a far loro accettare con maggior facilità le nuove terapie, Sorano spiegava che l'astinenza li avrebbe resi più grandi e più forti.

Della stessa opinione erano Rufo di Efesto (vissuto nella seconda metà del I secolo d.C.), Galeno (nel II secolo) e più avanti nel tempo Oribasio (vissuto nel IV secolo): il diffuso malessere, la stanchezza, lo stress si curavano controllando il desiderio e perseguendo, se possibile, l'astinenza.

L'aspirazione alla continenza, insomma, non nacque con il cristianesimo. Era già presente nella società pagana, e a ben vedere era in sé tutt'altro che una cosa nuova. L'idea che l'uomo dovesse combattere il desiderio e vincere le tentazioni per liberare l'anima dalla tirannia della carne era già presente nel pensiero orfico e in quello dei pitagorici, nella filosofia di Platone e in quella neoplatonica.

Per ragioni diverse, al desiderio sessuale guardavano con prudenza anche gli stoici. Musonio Rufo, nel I secolo, insegnava che il sesso era riprovevole anche nel matrimonio, se non era finalizzato alla riproduzione. Seneca diceva che un uomo saggio non deve lasciarsi indurre facilmente al rapporto sessuale. La contrapposizione tra corpo e spirito, tra impulsi e ragione, non fu introdotta dal cristianesimo: aveva traversato la cultura pagana, era stata una delle componenti che avevano accompagnato la sua storia. E a Roma, nei primi due secoli dopo Cristo, si era diffusa del tutto autonomamente dalla predicazione cristiana, sino a diventare regola generale di vita.

### *Via le "spintrie" dalla città*

La contraddizione tra la nuova etica e la rilassatezza dei costumi sessuali, se così vogliamo chiamarla, era forte e intollerabile. In particolare, erano intollerabili – e gli imperatori decisero di combatterli – i due fenomeni, peraltro connessi, della prostituzione maschile e della passività sessuale.

Il numero dei prostituti era cresciuto in modo veramente impressionante. Per di più, a prostituirsi erano spesso uomini adulti, non a caso indicati con termini offensivi come *exoletus* (letteralmente "cresciuto", da *exolescere*), o volgari, oltre che ingiuriosi, come *spintria*, forse da *sphikter*, "sfintere".

Una cosa inaccettabile, che si cercò di arginare con le leggi. In un'epoca incerta (ma certamente prima del II secolo a.C.), il pretore stabilì che i "passivi" non potessero difendere altri in giudizio. In altre parole, fare gli avvocati. E Caligola, racconta Svetonio, espulse dalla città di Roma le "spintrie".

La repressione vera e propria, però, ebbe inizio nei secoli successivi. Dapprima si trattò solo dell'intensificarsi di interventi che mettevano in luce come fosse una professione infamante: Alessandro Severo, in particolare, vietò che le tasse pagate dai prostituti fossero depositate nel pubblico erario e le destinò a restaurare alcuni edifici pubblici. Filippo l'Arabo (benché non si sappia se e in che modo sanzionò la violazione della regola) si spinse oltre, vietando la prostituzione maschile.

Ma il problema non era solo la prostituzione. Era nel contempo, probabilmente, la frequenza con la quale, nei rapporti anche non mercenari con altri uomini, molti adulti, invece di assumere il ruolo attivo, assumevano il ruolo passivo. Nel IV secolo, la repressione divenne feroce.

## *Decapitati o al rogo*

"Quando un uomo si accoppia come se fosse una donna, una donna che si offre agli uomini cosa può desiderare? Quando il sesso ha perduto la sua funzione, quando si commette un delitto che è meglio non conoscere, quando Venere ha cambiato natura, quando si cerca l'amore e non lo si trova, allora comandiamo che le leggi si levino, che il diritto sia armato dalla spada vendicatrice, così che agli infami che sono e che saranno siano inflitte le pene statuite."

Così stabilirono, nel 342 d.C., Costanzo e Costante, i figli di Costantino: gli uomini che si accoppiavano "come donne" andavano puniti con la spada. Accanto ai contenuti, il linguaggio della cancelleria imperiale segnala l'inizio di un'era di vere e proprie, atroci persecuzioni. Anche se non si sa se la spada servisse a decapitare o a evirare, la costituzione dei figli del pio Costantino apre la via a una repressione sempre più crudele.

Nel 390 d.C. una costituzione di Valentiniano, Arcadio e Teodosio ordina di "trarre fuori dai lupanari maschili" di Roma tutti coloro che in essi si prostituivano "come donne" e di bruciarli tutti vivi, dinanzi al popolo, "così che tutti capiscano che la dimora dell'animo virile deve essere sacra a tutti, e che colui che ha turpemente perduto il sesso non potrà aspirare a quello altrui senza subire il supplizio estremo".

Non è ancora finita. Nel 438, la costituzione del 390 viene ripubblicata con una modifica, che ne amplia, e non poco, il campo di applicazione: "Tutti coloro che sono usi a condannare il proprio corpo virile, trasformato in femmineo, a subire pratiche sessuali riservate all'altro sesso, e che non hanno nulla di diverso dalle donne, espieranno un crimine di tal fatta tra le fiamme vendicatrici, davanti al popolo".

Tra le fiamme vendicatrici, ora, devono bruciare non solo i prostituti tratti dai bordelli romani, ma tutti gli omosessuali passivi.

### *L'etica cristiana: l'omosessualità è contro natura*

Sino a questo punto, condannando la passività sessuale, le costituzioni imperiali si erano mosse all'interno di una logica che corrispondeva perfettamente ai canoni della morale sessuale pagana, colpendo un comportamento sessuale che questa aveva sempre quanto meno a parole riprovato. Certo, la misura delle pene era cambiata: da una multa irrisoria a una morte atroce.

La chiesa, duramente impegnata nell'opera di moralizzazione della vita sessuale, non poteva che condividere questo giro di vite. Ma il cristianesimo non condannava solo l'omosessualità passiva: condannava tutti i rapporti fra persone dello stesso sesso, senza alcuna differenza tra ruoli sessuali. Sotto questo punto di vista, gli interventi imperiali erano insufficienti.

Gli imperatori cristiani, insomma, avevano compiuto molti passi in una direzione che la chiesa non poteva non apprezzare: ma lo avevano fatto entro i limiti che potevano essere accettati e compresi dalla maggioranza della popolazione, tuttora legata all'etica pagana e alla identificazione tra virilità e attività.

Perché l'opera fosse compiuta, e le costituzioni arrivassero ad adeguare completamente la legislazione ai precetti cristiani, fu necessario attendere l'arrivo di Giustiniano.

Nel 538, questi dedicò una costituzione a "gli spergiuri, i bestemmiatori e coloro che compiono atti contro natura". Il testo era chiaro: gli atti contro natura erano tutti i rapporti omosessuali. Tutti, indistintamente, non a caso accostati allo spergiuro e alla bestemmia. L'omosessualità era al tempo stesso un crimine e un peccato, era contro natura e offendeva Dio. Ecco perché, a causa degli omosessuali, spiega Giustiniano, si verificavano carestie, terremoti e pestilenze.

Segue, sempre nella costituzione, l'invito alle autorità ad applicare le "pene estreme". Il diritto era il braccio armato della chiesa, interveniva per realizzare la volontà del Signore ed evitare le catastrofi che la sua ira poteva provocare.

Ma evidentemente la minaccia non sortì grandi effetti. Nel 599 Giustiniano emanò una nuova costituzione, questa volta diretta specificamente a coloro che commettevano "atti lussuriosi contro natura":

"Noi dobbiamo abbandonare ogni azione malvagia," dice l'imperatore, "in particolare coloro che sono stati contaminati dall'abominevole empio comportamento giustamente odioso a Dio: parliamo dell'accoppiamento degli uomini al quale, molto turpemente agendo, nefandamente si abbandonano, uomini con uomini...". Il cerchio si è chiuso: all'etica sessuale pagana si è sostituita quella cristiana.

## *Amori fra donne*

Non sarà certo sfuggito, a chi legge, che nessuna delle fonti sin qui viste, quale che sia la loro epoca, contiene il minimo riferimento all'amore fra donne. E non certo perché fosse consentito. Per i romani, era la peggior depravazione femminile. Come rivelano, senza la minima possibilità di dubbio, i non tantissimi ma più che sufficienti riferimenti che tornano in fonti molto diverse tra loro, ma tutte concordi nel giudizio.

A differenza di quella maschile, per cominciare, l'omosessualità femminile è "contro natura" anche nell'etica pagana.

Così leggiamo esplicitamente, per cominciare, nelle *Metamorfosi* di Ovidio: la nascita di Iphis, ahimè, aveva deluso le aspettative del padre. Questi desiderava un figlio maschio e aveva deciso che, se fosse nata una femmina, l'avrebbe uccisa. La moglie, dopo aver partorito una femmina (Iphis, appunto), aveva deciso di salvarle la vita vestendola e allevandola come un maschio.

Per anni l'inganno aveva retto: ma poi i genitori avevano combinato un matrimonio tra Iphis e la bionda Ianthé, di cui Iphis si era follemente innamorata. E da quel momento piangeva disperata la sua sorte: mai, diceva, la natura aveva costretto un essere umano a un amore così mostruoso.

Storia tristissima, quella di Iphis, ma con un lieto fine: invocata da Iphis, Iside la trasforma in uomo.

Era contro natura, dunque, l'amore tra donne. E per di più, era un comportamento criminale. Se una donna sposata aveva una relazione con un'altra donna, infatti, anche se non esisteva un titolo specifico di reato in proposito, poteva essere punita come adultera.

Per finire, il comportamento delle donne che si amavano era volgare, ripugnante, addirittura disgustoso.

Filenide, ad esempio, si allenava come un atleta, a cena si ubriacava e poi vomitava, come gli uomini. Né si limitava a questo. Nel racconto di Marziale:

*non cazzi – esercizio*
*poco virile a suo giudizio –*
*succhia, ma le gloriose*
*parti muliebri la sua bocca consuma.*

Una Filenide appare anche in un'altra poesia di Marziale: sarà la stessa? Che lo sia o no, questa è brutta, calva e guercia. Baciare una donna come lei, dice il poeta, significa fare del sesso orale (*fellare*).

Nella sua immaginazione (come in quella dei suoi concittadini) i rapporti fra donne sono una innaturale caricatura di quelli eterosessuali. Nella mentalità dei romani, tra due donne che si amavano una voleva sostituirsi a un uomo, l'altra cercava in maniera del tutto anormale di provare grazie a un'altra donna il piacere che solo un uomo poteva dare. Per questo, nell'immaginazione di Marziale, Filenide ha un ruolo virile non solo sessualmente, ma anche psicologicamente:

*Maschi inculati, vergini a dozzine*
*rotte in un solo giorno...*

Esattamente come gli uomini, Filenide doveva mostrare la sua potenza sessuale: per questo sodomizzava i ragazzi, e possedeva dozzine di vergini al giorno.

Per finire, in Giovenale, accanto allo stereotipo dell'omosessuale virago, che vomita a tavola e si dà all'atletica, troviamo un altro "modello" di amore femminile: Tullia e Maura, sorelle di latte, quando la loro lettiga passa dinanzi all'altare della pudicizia la fermano, scendono e orinano sull'altare, bagnando la statua della dea con lunghi zampilli. Poi, alla luce della luna, si cavalcano a vicenda...

Non sono molte, le fonti, ma sono inequivocabili.

# PARTE TERZA

# Dieci storie d'amore

## 1.
## *Enea e Didone*

Grazie all'inganno del cavallo, i greci, dopo dieci anni di assedio, espugnano Troia. La città è in fiamme, gli uomini vengono trucidati, le donne violentate e fatte prigioniere. La città sembra destinata alla distruzione e all'oblio. Ma Poseidone fa una profezia: Enea non morirà, perché è destinato a perpetuare la stirpe dei troiani. Ed ecco infatti Enea fortunosamente abbandonare la patria alla ricerca del luogo dove potrà fondare una nuova città, portando con sé il figlioletto Ascanio e il vecchio padre Anchise che l'eroe, in un celebre gruppo scultoreo, carica sulle spalle.

È la preistoria di Roma, la città fondata dai discendenti di Enea. Una lunga preistoria, che Virgilio racconta nell'*Eneide*. Augusto gli ha chiesto di scrivere un poema per celebrare la grandezza eterna della sua città, e la leggenda delle origini troiane è perfetta allo scopo. Il capostipite dei romani non è solo un grande eroe: è figlio di Venere. Così voleva il mito.

Inutile, qui, soffermarci sulle infinite avventure di Enea: ma una di esse, quella sì, è importante ai nostri fini.

Sbattuto da una tempesta sulle coste africane, Enea incontra una giovane donna, Didone, regina di Cartagine. Vedova e sola da tempo, Didone ha rifiutato tutti i pretendenti alla sua mano. Ma appena vede Enea se ne innamora, e dopo averlo invitato a fermarsi alla reggia, al termine di una battuta di caccia – complice un temporale che li costringe a cercare rifugio in una grotta – si unisce a lui in un vincolo d'amore che, ella crede, durerà per sempre.

"Quel giorno fu il primo passo verso la morte," scrive Virgilio. Parla di Didone, ovviamente, che per quell'amore morirà. Non di Enea, che sopravvivrà più che brillantemente.

Dopo la notte d'amore, Didone "non cura la fama, non pensa, ormai, a un amore furtivo: 'nozze' le chiama, nasconde con questo nome la colpa". L'amore, insomma, fa dimenticare alla regina la necessità di non compromettersi, con le inevitabili conseguenze. E infatti, racconta Virgilio, "subito la fama va per le grandi città d'Africa/ la fama di cui nessun'altra peste è più rapida/... piccola prima e timida: ma già s'alza per l'aria/ e cammina al suolo, e il capo ha già tra le nuvole".

Tutti parlano, ormai, della storia d'amore tra la regina e l'eroe troiano, che "ora in lussuria l'inverno quanto è lungo godevano/ dei loro regni immemori, presi da turpe passione". Enea, infatti, ricambia con ardore il sentimento che ha destato e ha dimenticato la propria missione. Sino al giorno in cui, inevitabilmente, Giove invia Mercurio a ricordargli il suo dovere.

Riacquistati lucidità e controllo, Enea si rende conto della insostenibile vergogna della situazione: lui, l'eroe destinato a perpetuare il sangue troiano, ridotto a essere "schiavo di donna". La decisione è immediata: riprenderà la via del mare. Subito, senza attendere un solo istante. Ma come dirlo a Didone, come spiegarglielo? Enea sceglie un metodo a dir la verità non molto originale: metterà Didone di fronte al fatto compiuto. Antesignano – nelle sue speranze – degli innumerevoli uomini che, nei secoli, usciranno di casa per andare a comprare le sigarette e non faranno mai ritorno, Enea è pronto a salpare. Didone però intuisce il tradimento, lo affronta, lo scongiura:

## 2.
## *Enea, Lavinia e Turno*

Finalmente, dopo lunghe peregrinazioni (e l'intervallo sentimentale cartaginese: vedi *Enea e Didone*, pp. 149-152), Enea sbarca sulle coste del Lazio. Vede una spiaggia, un grande bosco popolato da uccelli e solcato da un fiume dalle acque purissime, bionde come la rena del suo letto: il Tevere. Una serie di segni gli dicono che quella è la terra a lui destinata.

A governarla, il re Latino. Provvidenzialmente, per Enea, Latino ha una figlia, Lavinia, che peraltro al momento dello sbarco dell'eroe troiano era già promessa in sposa a Turno, re dei Rutuli, cugino per parte di madre.

Come sempre a quei tempi, il matrimonio era stato combinato, ma Lavinia era felice della scelta. Il fidanzato le piaceva, diciamo che ne era innamorata. "Diciamo", perché Lavinia, nel racconto che Virgilio fa della sua storia, non lo dice mai esplicitamente. Ma questo non significa che non lo amasse. Lavinia, nell'*Eneide*, assiste ai discorsi, agli eventi dai quali dipende la scelta del suo futuro, senza mai proferire verbo. Tace, abbassa gli occhi, arrossisce, ma non parla. Parlare non si addice a una ragazza come lei, modello della fanciulla da marito.

A quel tempo – siamo in un'epoca precedente alla fondazione di Roma – le donne sapevano, fin da bambine, che la scelta fondamentale della loro vita, quella del marito, sarebbe stata fatta da altri. Per loro sarebbe stato impensabile non solo opporsi, ma semplicemente dissentire, anche solo interiormente, dalle scelte familiari. Amare il futuro marito era parte del progetto matrimoniale, che comportava l'acquisto dello status di matrona e il diventare madre, con i riconoscimenti e l'onore sociale che ciò comportava. Ovvio e naturale dunque, per non dire doveroso, amare l'uomo grazie al quale tutto questo poteva accadere. L'amore di Lavinia per Turno non aveva bisogno di essere detto. Era nelle cose.

L'arrivo di Enea complica le cose. Che fare? Il re Latino invoca il padre Fauno, e questi gli rivela che Lavinia è destinata a uno straniero, e che dalle sue nozze nascerà un popolo che conquisterà il mondo. Di fronte a questa prospettiva, del tutto incurante dei precedenti accordi, Latino promette Lavinia a Enea.

Lavinia, come sempre, accetta silenziosamente la decisione paterna. Tutt'altro che silenziosa, invece, la reazione della madre, Amata, zia di Turno, che sostiene con forza le aspettative matrimoniali del nipote, rivendicando appassionatamente, di fronte alla diversa volontà del marito, il suo "diritto materno". Tutto inutile. La volontà di Latino prevale, e Amata si toglie la vita impiccandosi: l'unico evento di fronte al quale Lavinia manifesta i propri sentimenti. Come le altre donne latine si strappa i capelli, si graffia le guance: "di pianti suona la vasta dimora". Tutte cose, peraltro, che non solo le erano consentite, ma che *doveva* fare: manifestare platealmente il dolore era parte del rito funebre, e piangere la madre era dovere di una figlia.

Amata muore, dunque. Ma Turno non si arrende: furente e deciso a rivendicare il proprio diritto ad avere Lavinia in moglie, indossa le armi. Dall'intera regione giungono aiuti e rinforzi: è la guerra, Troiani contro Laziali. Una guerra sanguinosa, che sembra non aver fine, sino a quando i due contendenti non decidono di affidarne la sorte a un duello. E Turno viene ucciso.

Come reagisce Lavinia? L'*Eneide* non lo dice, il poema termina con Turno a terra, ferito, ed Enea che affonda il pugnale nel suo petto.

Ma noi sappiamo ugualmente che Lavinia non si strapperà i capelli, non si graffierà le guance. Che una donna piangesse la morte di un uomo che si era scontrato con quello destinatole come marito non era previsto, non era ammissibile.

*A confermarcelo, a Roma, nella città che sarà fondata dai discendenti di Enea e Lavinia, sta la leggenda degli Orazi e Curiazi.*

*La giovane Orazia, romana, era fidanzata con un giovane di Alba, uno dei fratelli Curiazi. Se non che, per sua sfortuna, romani e albani decisero di mettere fine alla guerra con un duello giudiziario: campioni di Roma sarebbero stati i tre gemelli Orazi, campioni di Alba i tre gemelli Curiazi.*

*Il duello, in un primo momento, sembra volgere a favore degli albani, e due dei tre Orazi vengono uccisi. Ma il terzo riesce a sopraffare i nemici. Roma ha vinto ed esulta.*

*Ma c'è qualcuno che non condivide la generale felicità. È Orazia, piange il fidanzato morto. Il fratello superstite non sopporta un simile comportamento e, tratta la spada dal fodero, la uccide dicendole: "Vattene da qui con il tuo intempestivo amore per il fidanzato, tu che hai dimenticato i fratelli morti e quello vivo, tu che hai dimenticato la patria. Così perisca ogni donna romana che piangerà un nemico".*

Quando Turno viene ucciso, Roma non esiste ancora. Ma i princìpi, la mentalità, il costume sono quelli. Lavinia, fidanzata modello, sa bene di non dover piangere. Anche se ama Turno – per dovere, o per vero amore – ha imparato da tempo a controllare i sentimenti e ad adeguarli a quelli che il suo ruolo le impone. Un esempio tra i primi, forse il primo della nostra letteratura, di come le donne spesso accettino fino in fondo i valori maschili e vi si conformino. Complici involontarie di una cultura e di regole che negano loro il diritto di decidere della loro vita.

## 3.
## *Ignazio, che uccise la moglie a bastonate*

Chissà se Ignazio Mecennio amava sua moglie. Del loro matrimonio conosciamo solo un episodio che – lo vedremo fra breve – offre buonissimi motivi per dubitarne. O meglio, che se dovessimo giudicare con i nostri parametri darebbe la certezza che Mecennio non l'amava affatto. Ma Ignazio era un romano e i romani erano molto diversi da noi. Di conseguenza, la possibilità che egli amasse sinceramente la moglie esiste, nonostante i fatti che ora esporremo. Del suo matrimonio – con una donna della quale non è rimasto il nome – non sappiamo nulla. Quanto era durato? Era stato felice? Nessuna notizia. Sappiamo solo che, un giorno, Ignazio sorprese la moglie a bere vino e la uccise a bastonate.

Un momento di follia, di atroce crudeltà, l'esplosione di un feroce odio coniugale? Niente di tutto questo. Ignazio si era limitato a esercitare un diritto, concessogli da una legge attribuita a Romolo. Il testo della legge, riportato da Dionigi di Alicarnasso, stabiliva: "Il marito giudica con i parenti in questi casi: se la moglie ha commesso adulterio o se ha bevuto vino. In ambedue i casi, Romolo concede di punirla con la morte".

Una regola strana, nella previsione relativa al vino per noi addirittura incomprensibile (per il resto, che la moglie adultera potesse essere uccisa non può meravigliare troppo). Inevitabile chiedersi per quale ragione bere vino fosse punito con tanta severità.

# 4.
## *La vestale innamorata*

Dovevano amarsi molto, Opimia e Cantilio, per correre il rischio che corsero.

Tutti gli amanti, a Roma, sapevano che il prezzo del loro amore poteva essere alto, ma nel caso di Opimia e Cantilio lo era particolarmente. Il loro amore non era solo illecito, come tutti i rapporti extraconiugali: era sacrilego. Opimia, infatti, non era una donna come le altre, era una delle sacerdotesse di Vesta, come tale vincolata a un voto trentennale di castità. E le conseguenze del venir meno a questo voto erano deleterie per l'intera città, potevano sconvolgerne il presente e comprometterne l'avvenire.

Offesi e indignati per il comportamento delle vergini sacre, se queste violavano il voto, gli dèi minacciavano infatti di punire la città, mandando pestilenze, inondazioni e ogni altro tipo di sciagure. Ma prima di farlo – bisogna dire – usavano ai mortali la cortesia di avvertirli con dei segnali: una volta, ad esempio, una nobile fanciulla di nome Elvia, mentre cavalcava, era stata colpita da un fulmine che le aveva scomposto le vesti (vedi p. 114). Il messaggio era chiaro: il fulmine stava a segnalare che si era rotta la pace degli dèi (*pax deorum*), in altre parole che gli dèi, offesi, erano profondamente indignati e minacciavano rappresaglie. Le vesti scomposte stavano a suggerire la ragione della loro ira: ovviamente, un comportamento femminile contrario alla pudicizia. Non era stato difficile fare due più due quella volta, come altre volte, del resto, in occasioni analoghe: una vestale aveva infranto il voto. E, grazie all'avvertimento, i romani erano corsi ai ripari, evitando le conseguenze nefaste dell'accaduto: la colpevole era stata individuata e punita nelle forme atroci previste per il suo crimine.

Le vestali infatti non venivano messe a morte come le altre donne, colpevoli di aver intrattenuto rapporti sessuali illeciti. Per loro esisteva una speciale procedura, un rito specifico, di cui i romani si tramandavano di generazione in generazione il ricordo. Il racconto delle esecuzioni che si erano succedute nei secoli era impresso nella loro memoria, come i nomi delle colpevoli: una certa Pinaria, all'epoca di Tarquinio Prisco; una tal Oppia e una omonima di Opimia, nel 483 a.C.; Orbinia nel 472; Minucia nel 337; Sestilia nel 273...

Tutte morte allo stesso modo, tutte morte per amore, secondo un rituale atroce che nessuno, dopo avervi assistito, avrebbe mai dimenticato: fatta salire su un carro nero trainato da cavalli neri e coperto di veli neri, la colpevole attraversava la città, diretta alla Porta Collina (non lontano dall'attuale Porta Pia), dove era scavata una piccola stanza che si raggiungeva calando una scala. All'interno, solo una lucerna e un po' d'olio per alimentarla. Giunta sul luogo del supplizio, la colpevole scendeva la scala, che veniva subito ritirata: e il tetto del suo sepolcro si chiudeva su di lei, per sempre.

Ma torniamo alla nostra Opimia. Certamente, sapeva più che bene quali rischi correva, innamorandosi. Quanto a Cantilio, di sicuro non era uno sprovveduto. Essendo, tra l'altro, il segretario di un pontefice, sapeva a quale morte andava incontro il complice della vestale, se veniva scoperto: dopo essere stato denudato, sarebbe stato condotto nel Comizio con la corda al collo, come gli schiavi, e qui fustigato a morte.

Data la incredibile crudeltà delle pene previste per il loro crimine, insomma, dovevano veramente amarsi moltissimo, Opimia e Cantilio. Chissà, forse pensavano di usare sufficienti cautele, forse contavano sulla complicità di qualcuno. Ma furono scoperti.

Lo scandalo scoppiò nel 216. Insieme a Opimia, venne accusata un'altra vestale, Floronia (il nome del cui amante è ignoto), che si sottrasse alla sua sorte suicidandosi. Opimia, invece, andò incontro al supplizio, come il suo amante. E morirono: Opimia, sepolta viva, Cantilio sotto le verghe, esposto alla pubblica vergogna. Per amore, anche lui, come Opimia. O, chissà, tutti e due per incoscienza. Ma anche, certamente, perché avevano scelto il momento meno opportuno per sfidare il destino.

Il 216, infatti, era stato un anno veramente terribile, per i romani. Annibale aveva sconfitto le loro truppe a Canne, il futuro sembrava incerto, il nemico cartaginese era alle porte.

Di fronte a una situazione di tale gravità, si potrebbe pensare che il comportamento licenzioso delle vestali passasse in secondo piano. Ma così non fu. Quel che accadde fu esattamente il contrario. La città non poteva accettare che il comportamento di Opimia e Cantilio rompesse la pace con gli dèi. Per evitare le sciagure che ne sarebbero certamente conseguite, bisognava ristabilirla. Punire i colpevoli, dunque, era indispensabile. Non si poteva fingere di non sapere, non si poteva tergiversare.

La sorte di Opimia e Cantilio fu quindi determinata, in gran parte, dal momento storico. Come dimostra anche il fatto che, quella volta, si ritenne che la loro morte non fosse sufficiente a placare l'ira divina. E gli dèi, consultati, confermarono i timori. Non bastava uccidere i colpevoli, era necessario seppellire vivi nel Foro Boario una coppia di Galli e una di Greci. Le sciagure annunciate avevano tutta l'aria di essere belliche: per scongiurarle bisognava sterminare, simbolicamente, le stirpi di due nemici di Roma. Grande amore, o grandissima sfortuna?

## 5.

## *Catone e Marzia*

Tutto avrebbe immaginato, Marzia, quando conobbe Catone – l'uomo al quale il padre l'aveva promessa in moglie – tranne che un giorno sarebbe diventata un "utero in affitto". Un utero affittato a un altro uomo dal suo amatissimo marito. Non per disamore, intendiamoci bene: Catone amava teneramente Marzia. La loro era stata una di quelle rare unioni combinate dai genitori che si erano trasformate in un matrimonio d'amore.

A dir la verità, quando aveva sentito per la prima volta il nome dell'uomo cui era stata destinata, Marzia era stata presa da grande inquietudine. Catone, il suo Catone, detto il Giovane (poi conosciuto come Catone Uticense), era nipote del celebre Catone il Censore, uomo insopportabile, acido, noiosissimo, moralista, le cui idee sui rapporti con le donne erano a dir poco discutibili: secondo lui, se non fossero state rigorosamente controllate, le donne avrebbero portato la Repubblica alla rovina... Ma poi Marzia conosce il nipote e si accorge che questi è molto diverso: le piace subito, quel fidanzato che si dimostra così palesemente innamorato di lei. La vita matrimoniale dunque comincia sotto i migliori auspici. Marzia dà a Catone due figlie. È incinta per la terza volta e attende con gioia la nuova nascita, quando accade l'imprevisto. Nella vita della coppia entra un altro uomo, il retore Ortensio.

Personaggio stimatissimo a Roma, Ortensio ammira a tal punto Catone da non accontentarsi di essere semplicemente uno dei suoi amici. Vuole avere figli "comuni" con lui, e a questo scopo gli chiede di dargli in moglie Marzia: "Tua moglie ti ha già dato un numero sufficiente di eredi, ed è abbastanza giovane per averne altri: lascia che li faccia, questa volta, per me".

A Catone l'idea, evidentemente, non dispiace. Dopo aver consultato il padre di Marzia, che si dichiara favorevole, accetta la richiesta dell'amico. Cosa pensi Marzia della situazione non viene detto: nessuna delle fonti ne parla. Nessun riferimento in Plutarco, né in Arriano. Per quanto ne sappiamo, l'opinione di Marzia non viene neppure richiesta. Sta di fatto che sposa Ortensio e gli dà due figli, il primo dei quali è figlio naturale di Catone. Ecco cos'era la "comunanza di figli" che Ortensio desiderava: un figlio partorito da Marzia per lui, ma concepito da Catone. Giuridicamente suo, geneticamente dell'amico.

Ma la storia non finisce qui: quando Ortensio muore (all'epoca del matrimonio aveva quasi sessant'anni, età per quei tempi più che ragguardevole), Catone risposa Marzia.

Tecnicamente, dunque, Marzia non era stata affittata: aveva sposato Ortensio, dopo che Catone l'aveva ripudiata. Ma, considerando che questi poi la risposa, la sostanza non cambia: quando è suo marito, Catone la cede temporaneamente, come "ventre" (*venter* – lo abbiamo visto – è un termine usato dai romani per indicare sia il ventre, sia la donna incinta) affinché soddisfi il desiderio di paternità di Ortensio.

Strana storia, in verità: ma solo ai nostri occhi. I romani, infatti, non risulta ne fossero particolarmente colpiti: non era la prima volta che vedevano un marito cedere la moglie incinta, e non sarebbe stata l'ultima. Come scrive Plutarco, "se un marito romano aveva un numero sufficiente di figli, un altro, che non ne aveva, poteva convincerlo a lasciargli sua moglie, a tutti gli effetti, o solo per una stagione". Cessione temporanea o definitiva, insomma, a seconda dei casi. Cessione di una moglie fertile, a volte – per maggior sicurezza – addirittura già incinta.

Ma torniamo a Marzia: come visse il fatto che il marito decidesse di cederla (incinta) a Ortensio? Ascoltiamo la fine della storia, come la racconta Lucano nella *Farsalia*:

"Il sole scioglieva le gelide ombre quando alla porta (di Catone) venne a bussare piangendo la nobile Marzia, che aveva appena lasciato il sepolcro di Ortensio... E così parlò, mesta: 'Fino a che vi era ancora del sangue, in me, fino a che avevo forza di generare, Catone, ho fatto quel che mi hai ordinato. Ho avuto due mariti e ho dato a ciascuno di loro dei figli. Ora torno con il ventre esausto, sfinita dai parti, in condizioni da non poter più essere ceduta a un altro uomo. Concedimi di rinnovare i casti legami del primo matrimonio; dammi soltanto il nome di moglie, così che sulla mia tomba si possa scrivere: Marzia, moglie di Catone'".

Evidentemente, Marzia non aveva considerato il comportamento di Catone una mancanza di riguardo. Era quello che Catone desiderava. Lei, da buona moglie, lo aveva accettato, e continuava a considerare Catone il migliore dei mariti: dopo morta, voleva essere ricordata come sua moglie.

Al di là della drammatizzazione che Lucano fa degli eventi – Marzia che bussa alla porta di Catone con ancora le ceneri di Ortensio tra i capelli – resta il fatto che ai romani che lo leggevano sembrava evidentemente plausibile che Marzia non chiedesse di meglio che di risposare Catone. Anche per loro era normale che una donna desiderasse tornare con il marito che l'aveva ceduta.

Come chiameremmo oggi pratiche di questo tipo? Affitto dell'utero? Cessione del ventre? Maternità surrogata? Prima che la scienza ne fornisse gli strumenti, i romani avevano affrontato e risolto alcuni problemi della fecondità. Naturalmente, a modo loro.

PS Dopo aver seguito la storia di Marzia e Catone, è difficile non pensare – con una certa sorpresa – alla descrizione che ne fa Dante, quando colloca la coppia nel Purgatorio, come esempio di amore coniugale. E fin qui – visto che i romani facevano le cose a modo loro – possiamo anche essere d'accordo. Dove invece non siamo assolutamente in grado di capirlo è là dove leggiamo le parole che mette in bocca a Catone, quando questi, per dare una misura del suo amore per Marzia, dichiara che "*quante grazie volse da me, fei*": che lui, dunque, Catone, cedette a ogni desiderio, a ogni richiesta di Marzia.

Onestamente, questo è un po' troppo. Anche per Dante.

## 6.

## *Gli amori di Cleopatra*

Bella o brutta che fosse, più o meno lungo che fosse il suo naso, Cleopatra era donna alla quale era difficile resistere. Ma prima di proseguire, vediamo di chiarire il problema di quel celebre naso: contrariamente a quanto di solito si crede – anche se questo non è certo determinante – il naso di Cleopatra non era affatto troppo lungo. La leggenda nacque da una frase di Blaise Pascal: "Se il naso di Cleopatra fosse stato più corto, la storia del mondo sarebbe stata diversa". Ma Pascal non si riferiva alla bellezza di Cleopatra. Riflettendo sul fatto che circostanze minime possano a volte avere conseguenze molto importanti, il filosofo osservava che se il naso della regina d'Egitto fosse stato più corto – il che non voleva dire necessariamente più bello – forse i suoi amori sarebbero stati meno determinanti nella storia del mondo romano.

E detto questo veniamo ai suoi amori. O meglio, ai suoi due più celebri amori: prima Cesare e poi Marco Antonio.

Quale dei due fu più grande? Chi dei due uomini l'amò di più? Difficile dirlo. Ma, forse, è possibile cercare di capirlo ripercorrendo la storia dei due incontri, e le conseguenze che il fascino della regina ebbe sulla vita dei suoi due amanti. A cominciare, per ovvie ragioni, dalla storia con Cesare.

Colta, brillante, dotata di una bellissima voce, conversatrice affascinante nelle molte lingue che perfettamente padroneggiava, Cleopatra, al di là del fascino fisico, seduceva servendosi dell'intelligenza e dello spirito. E quando era necessario, ricorreva a veri e propri colpi di teatro.

Celebre la storia del suo primo incontro con Cesare, nel 48 a.C. A nessuno era consentito arrivare sino a lui. Ma Cleopatra vi riuscì. Dopo aver convinto un mercante siciliano di tappeti a farla salire sulla sua nave, si fece avvolgere in un tappeto, in modo da essere invisibile. Facilmente immaginabili la sorpresa e il divertimento di Cesare quando da uno dei tappeti che venivano srotolati dinanzi ai suoi occhi emerse la giovane regina d'Egitto.

Così cominciò il loro amore, dal quale nacque un figlio di nome Cesarione. Un amore importante, dunque, sembrerebbe di poter dire. Come confermerebbe il fatto che, quando Cesare rientrò a Roma, Cleopatra lo seguì, installandosi in una splendida dimora come amante ufficiale del padrone della città.

Cosa spinse la regina d'Egitto a una simile scelta? Un vero, folle amore, o la speranza che Cesare, che non aveva figli maschi, considerasse Cesarione il proprio erede?

Di sicuro, Cleopatra fece di tutto perché questa speranza si realizzasse: ma Cesare non pensò mai, neppure lontanamente, di soddisfare il suo desiderio. Così come non pensò mai di sposare Cleopatra. Ben inteso, con questo non si vuol dire che non fosse innamorato di lei. Quanto meno per un certo periodo, certamente lo fu. Ma non era uomo da dimenticare il suo ruolo, le sue ambizioni, il suo dovere verso Roma. Forse, influì sul suo comportamento anche la sua storia con Servilia, l'unica donna con la quale ebbe una relazione costante, anche se inframmezzata da innumerevoli avventure e da passioni tanto accese quanto effimere (come appunto quella per Cleopatra). E certamente anche in Cleopatra, dopo un primo periodo di passione (il fascino di Cesare era notoriamente irresistibile), la ragione prese il sopravvento. Quando si rese conto che non solo Cesare non l'avrebbe sposata, ma che Cesarione non sarebbe mai stato il suo erede, saggiamente se ne tornò in Egitto. Il che, di nuovo, non significa che non fosse – o non fosse stata – innamorata di Cesare: significa che anche lei aveva consapevolezza del suo ruolo, del suo potere, della sua dignità di regina.

La storia di Cesare e Cleopatra, insomma, sembra una grande, appassionata avventura tra due personaggi per i quali, per ragioni più che comprensibili, l'amore non stava al primo posto nella lista delle priorità.

### *Cleopatra e Antonio*

Diversa, invece, la storia tra Cleopatra e Antonio. Quanto meno, sembrerebbe, dalla parte di lui. Antonio infatti incontrò Cleopatra e si innamorò di lei proprio negli anni – decisivi per la sua carriera e la sua vita – in cui avrebbe dovuto esercitare il massimo controllo su se stesso. Morto Cesare, era stato a lungo incerto chi sarebbe stato il suo successore. Cesare aveva nominato suo erede Ottaviano, ma Antonio godeva di grande seguito popolare. La partita, insomma, era ancora aperta. In una fase iniziale, prima di arrivare allo scontro, i due avevano tentato la via di un accordo: Ottaviano avrebbe avuto l'Occidente, Antonio l'Oriente. Ma proprio qui, in Oriente – e alla corte di Cleopatra – cominciarono i suoi guai.

Uomo dotato di grandi qualità, generoso, gran trascinatore di folle, adorato dai suoi soldati, Antonio era vittima di due debolezze: il vino e le donne. Di Cleopatra, dunque, e di quello che lei rappresentava (l'Oriente, il potere assoluto, i profumi, il lusso, gli amori), si invaghì subito, perdutamente. Con conseguenze per lui disastrose.

Sul ruolo di Cleopatra nella rovina di Antonio nessuno aveva alcun dubbio, nell'antichità: "Da cosa fu condotto alla rovina Antonio, da cosa fu trascinato verso costumi stranieri e vizi non romani se non dall'ubriachezza e dall'amore per Cleopatra, non minore di quello per il vino?" scrive Seneca.

Certo. Per Cleopatra e con Cleopatra Antonio aveva perso la testa.

Installatosi alla reggia di Alessandria, aveva assunto mentalità e comportamenti da sovrano orientale. Aveva creato nuovi reami e organizzato una federazione di monarchie a capo della quale aveva posto Cleopatra. Aveva celebrato il trionfo sull'Armenia ad Alessandria, anziché a Roma. Era entrato a Efeso preceduto da donne vestite da baccanti e uomini abbigliati da satiri, e si era fatto acclamare come Dioniso. Aveva presentato al popolo i due figli avuti da Cleopatra vestiti come sovrani orientali, e aveva dato loro il titolo di re. Si vestiva lui stesso all'orientale e aveva stabilito per testamento che il suo corpo venisse sepolto ad Alessandria, anche se egli fosse morto a Roma. Tutto lasciava pensare che se avesse vinto avrebbe veramente tentato di diventare un sovrano dai poteri assoluti. Ma non lo divenne mai. Il 2 settembre del 31 a.C., nelle acque di Azio la sua flotta si scontrò con quella di Ottaviano, e Antonio fu sconfitto.

Secondo Plutarco, Cleopatra sarebbe stata la causa della disfatta. E forse non sbagliava, o quanto meno non sbagliava del tutto. Prima dello scontro fatale, i due eserciti si fronteggiavano. Antonio disponeva di truppe di terra superiori a quelle del nemico, ma per compiacere Cleopatra scelse di affrontarlo in mare (dove Ottaviano era molto più forte).

I soldati erano inquieti: "O comandante," gli aveva chiesto in lacrime un centurione, mostrando le ferite riportate combattendo al suo fianco, “perché non ti fidi più di queste cicatrici e questa spada, e riponi le speranze in navi cattive?”. Antonio non aveva risposto. La decisione era presa. Ma nel bel mezzo della battaglia Cleopatra aveva dato ordine alle sue navi di ritirarsi. E Antonio, dimentico di tutto, aveva abbandonato la flotta per seguirla. La guerra durò ancora alcuni mesi, ma le sue sorti erano decise: il vincitore era Ottaviano, futuro Augusto.

I due amanti si suicidarono. Antonio con la spada, Cleopatra facendosi mordere dal celebre aspide.

## 7.
## *Cesare e Servilia*

Le donne trovavano Cesare irresistibile. Non solo perché era Cesare. Anche prima che diventasse il padrone di Roma, le donne lo ammiravano, sospiravano per lui, e appena lui le degnava di uno sguardo gli cadevano ai piedi.

Quali erano le ragioni di questo successo? Per quanto riguarda il suo aspetto fisico, Velleio Patercolo dice che Cesare era "il più bello dei cittadini romani". Altre fonti lo descrivono come un bell'uomo, seppur non di straordinaria bellezza. Svetonio racconta che era di statura alta (*excelsa*), ben proporzionato, con il colorito chiaro e il viso un po' troppo pieno. Ma aveva un problema, che lo disturbava non poco: i capelli avevano cominciato a diradarglisi quando era ancora giovane, e per nascondere l'incipiente calvizie li portava in avanti, pettinati verso la fronte.

Ma questo nulla toglieva al suo fascino, così come le voci che circolavano sul suo conto e che lo accusavano di essere effeminato, di depilarsi, di camminare strascinando il laticlavio (una tunica decorata da una larga fascia color porpora) frangiato fino alle mani, con la cintura allacciata mollemente. La voce popolare, lo abbiamo visto, diceva che in gioventù era stato l'amante – o meglio, l'amato – di Nicomede, re di Bitinia; Dolabella lo chiamava "rivale della regina", Curione "postribolo di Nicomede", o "bordello di Bitinia". Una volta un certo Ottavio, noto per dire tutto quel che gli saltava in mente, lo aveva salutato chiamandolo appunto "regina". E Cicerone scrisse, in alcune lettere, che "in Bitinia il discendente di Venere" (la gente Giulia, cui Cesare apparteneva, vantava questa ascendenza) "si era coricato in un aureo letto, dove aveva perduto il fiore della sua gioventù".

Ma che la sua virilità venisse così apertamente messa in dubbio non aveva alcun effetto sulle donne. La sua intelligenza, il suo carattere, il suo spirito, la sua conversazione erano irresistibili, così come, pare, lo sguardo dei suoi penetranti occhi neri. L'elenco delle sue vittime era lunghissimo, e comprendeva, accanto alle regine (Cleopatra ed Eunoe, moglie di Bogude, re di Mauritania), molte donne delle famiglie più illustri, tutte regolarmente sposate: da Postumia, moglie di Servio Sulpicio, a Lollia, moglie di Aulo Gabinio; da Tertulla, moglie di Marco Crasso, a Muzia, moglie di Gneo Pompeo...

Ma quali, quante di queste donne amò veramente? È ovvio, non tutte. Alcune furono semplice divertimento, desiderio di conquista, altre (le mogli dei nemici, o quanto meno alcune di queste) soddisfazione di una brama di vendetta: le avventure galanti, prima o poi, si venivano a sapere, e poche cose offendevano l'onore di un uomo come l'adulterio della moglie. Figuriamoci poi quando l'amante era Cesare, e la vicenda, come tutto quello che lo riguardava, era oggetto di sussurri, insinuazioni e battute...

Naturalmente, però, anche Cesare si innamorava. Di certo, per qualche tempo fu innamorato di Cleopatra (vedi *Cleopatra e Cesare*, pp. 167-168); certamente, anche se forse non la amò di amore appassionato, amò teneramente la prima delle sue tre mogli, Cornelia, figlia di Cinna.

Come tutti i matrimoni, anche quello tra Cesare e Cornelia era stato combinato, ma con questa moglie – che gli diede l'unica, amatissima figlia – Cesare ebbe un rapporto molto diverso da quello che ebbe con le successive due. Quando Silla gli chiese, ripetutamente, di divorziare da lei, Cesare infatti rifiutò, recisamente. A separarlo da Cornelia fu solo la morte di questa, di parto.

Certo, è possibile chiedersi se il matrimonio sarebbe durato, se Cornelia non fosse morta. La volubilità di Cesare era nota, le sue avventure – anche le più appassionate – non duravano a lungo.

La sola donna con la quale ebbe una relazione ultradecennale fu Servilia, la madre di Bruto, uno dei suoi assassini: la donna che più amò, dice Svetonio.

La relazione, a Roma, era notissima. Cesare non faceva nulla per nasconderla. Una volta, durante il suo primo consolato, aveva regalato a Servilia una perla del valore di sei milioni di sesterzi. Durante le guerre civili aveva fatto sì che le venissero assegnate all'asta ricchissime proprietà, a prezzi ridicolmente bassi. Un'altra volta, aveva addirittura dato pubblica lettura di una missiva amorosa che Servilia gli aveva fatto recapitare in senato: uno dei suoi avversari lo aveva accusato di ricevere informazioni segrete, e Cesare, tra le risate generali, aveva letto il contenuto del messaggio.

La relazione era durata così a lungo che, si diceva, Servilia, non più nel fiore degli anni, pur di non perderlo aveva favorito una tresca tra lui e sua figlia Terzia. Pettegolezzi, ovviamente: viene alla mente la diceria, diffusa ad Atene, secondo la quale Aspasia, la concubina teneramente amata da Pericle, in età ormai avanzata avrebbe procurato a Pericle delle prostitute.

Pettegolezzi, dunque. Tanti pettegolezzi intorno alla storia con Servilia. Ma, dietro ai pettegolezzi, una storia certamente importante. E, secondo alcuni, anche un figlio: Bruto. Quel Bruto che, alle idi di marzo del 44 a.C., pugnalò Cesare a morte. Chi crede a questa ipotesi, spiega così le ultime parole di Cesare, quando vide che tra i congiurati che lo stavano assassinando stava anche Bruto: *Tu quoque, Brute, fili mi*, "Anche tu Bruto, figlio mio".

# 8.
## *Sulpicia e Cerinto*

*È giunto amore finalmente. Nasconderlo*
*sarebbe vergogna più grave che svelarlo.*
*Commossa dai miei versi, Venere lo portò a me,*
*tra le mie braccia, compì la sua promessa. I miei peccati*
*li narri chi si dirà non ebbe i suoi.*
*Io quasi non vorrei neppure scriverli:*
*prima di lui, temo li legga un altro.*
*Ma giova aver peccato. Mi disturba*
*atteggiare il mio volto alla virtù.*
*Si dirà che son degna di lui, e lui di me.*

Sono versi scritti da una ragazza romana, duemila anni fa. Una ragazza di nome Sulpicia, innamorata di un certo Cerinto. A differenza di tutte le altre storie di cui si è parlato e si parlerà, dunque, questa storia d'amore è raccontata da uno dei suoi protagonisti: e noi la seguiremo leggendo le (purtroppo poche) poesie che ce ne parlano.

Vissuta a Roma nell'età di Augusto, Sulpicia apparteneva a una nobile famiglia. Il padre era un celebre oratore, Servio Sulpicio Rufo, e la madre era sorella di Marco Valerio Messalla Corvino, attorno al quale si raccoglievano i maggiori intellettuali dell'epoca, tra cui poeti come Ovidio e Tibullo.

Certamente colta e di buone letture, dunque, oltre che dotata di notevoli capacità poetiche, Sulpicia scrisse poesie d'amore. Un amore oggetto di discussioni, allora nella famiglia della ragazza, oggi tra gli studiosi.

Di che amore si trattava? Chi era questo Cerinto? È da escludersi – anche se qualcuno lo sostiene – che fosse il fidanzato di Sulpicia. Lo zio Messalla, divenuto tutore della ragazza dopo la morte del padre, era contrario al legame: a Roma, nella classe cui Sulpicia apparteneva, i matrimoni – lo sappiamo perfettamente – venivano combinati dalle famiglie.

Ma a smentire ancor più decisamente l'ipotesi di un fidanzamento sono il contenuto e il tono delle poesie, a partire da quella riportata inizialmente, nella quale la ragazza dichiara il suo amore e la decisione di non nasconderlo. Evidentemente, è un amore proibito: Cerinto è l'amante di Sulpicia e lei, come tutte le innamorate, vorrebbe trascorrere tutto il suo tempo con lui. Messalla, lo zio tutore, cerca invece di tenerla lontana dall'oggetto del suo amore: il giorno del compleanno vuole condurla in campagna, lontano da Roma. Sulpicia protesta, cerca di far cambiare idea allo zio. Di convincerlo che non ha ragione di preoccuparsi per lei. Ma sui suoi sentimenti non cede di un millimetro:

*Orribile compleanno, nella campagna odiosa*
*senza Cerinto, triste a passare.*
*Nulla è più bello della città. Una casa in campagna*
*e un fiume freddo nell'aretino sono forse più adatti*
*a una ragazza? Suvvia Messalla, non preoccuparti per me.*
*Non sempre, parente mio, son tempestivi i viaggi.*
*Anche se mi è vietato decidere quello che voglio*
*e mi conduci via, io lascio qui anima e sensi.*

Per fortuna – non sappiamo perché – all'ultimo momento il progetto è accantonato:

*Lo sai che il triste viaggio è scongiurato*
*per la tua ragazza? Potrà passare a Roma il compleanno.*

*Celebriamolo tutti, questo giorno,*
*che ora, forse, ti giunge inaspettato.*

Finalmente, si direbbe, Sulpicia gode di una maggior libertà. Messalla ha smesso di preoccuparsi in modo assillante della sua reputazione e la ragazza se ne rallegra, pur sapendo che certo, sul suo conto, non mancano i pettegolezzi:

*Mi fa piacere che, finalmente sicuro, tu mi permetta*
*molte cose, senza temere che cada d'improvviso, come una stolta...*
*Ma c'è chi si preoccupa per me, che nulla teme più*
*ch'io ceda a un letto ignoto.*

Evidentemente, esplicitamente, Cerinto non appartiene alla classe sociale adatta: il suo letto è "ignoto". Ma la ragazza non se ne cura. A volte soffre, ma per altre ragioni. Soffre quando teme che Cerinto non la ami:

*Non sei in pena per la tua ragazza,*
*Cerinto, perché la febbre tormenta il corpo stanco?*
*Ah, se non pensassi che anche tu lo vuoi*
*io non vorrei sconfiggere il mio male.*
*Che m'importa guarire, se tu puoi*
*sopportare i miei mali a cuor leggero?*

Altre volte, invece, Sulpicia non ha dubbi, Cerinto dimostra di amarla appassionatamente. E allora è lei, Sulpicia, a rimproverarsi per la propria mancanza di coraggio, a vergognarsi per non aver saputo superare i residui di un'educazione che le ha impedito di mostrare a Cerinto tutta l'intensità della sua passione:

*Ch'io non sia più, luce mia, il tuo folle amore*
*come credo d'essere stata ultimamente*

*se, stolta, nella mia gioventù ho commesso*
*una colpa di cui confesso di pentirmi di più*
*che di averti lasciato solo, la notte scorsa,*
*sperando di nascondere il mio ardore.*

È a Cerinto, dunque, che Sulpicia cerca – subito pentendosene e vergognandosene – di nascondere i suoi sentimenti. Non alla gente.

Come finirà, come sarà finita la storia? Purtroppo, dopo la poesia del pentimento per la mancanza di coraggio, non ci sono giunte altre composizioni.

Restano però alcuni dati certi: la disparità sociale tra i due amanti e la determinatezza della volontà di Sulpicia, la sua sfida alle convenzioni, la sua rivendicazione d'autonomia. Sulpicia è una donna emancipata. Una di quelle donne che, all'epoca in cui visse, rivendicavano nuove libertà.

Possiamo pensare che la storia sia finita con un matrimonio? Sembra proprio di poterlo escludere. Mai, neppure una volta, Sulpicia accenna al desiderio di istituzionalizzare il rapporto. Le basta viverlo liberamente, finché c'è.

Da Roma, a distanza di due millenni, arriva la voce di una donna libera, e di una storia d'amore vissuta in modo, per quei tempi, del tutto inconsueto. Gli amori proibiti erano tanti, ma quante erano le donne che osavano sfidare così apertamente le convenzioni?

In modo diverso, Sulpicia ricorda le matrone che, negli stessi anni, andarono a iscriversi nel registro delle prostitute (vedi pp. 127-128). In un certo senso è una di loro, una di quelle donne indipendenti, autonome, che, ciascuna con le proprie armi, combattevano per i propri diritti.

PS I poemi di Sulpicia non sono stati tramandati sotto il suo nome, ma tra le opere attribuite a Tibullo (e tuttora rimangono a lui attribuite, nella grande maggioranza delle letterature latine).

A prima vista sorprendente, a ben vedere la cosa è invece più che comprensibile, ed è legata a ragioni sin troppo facili da individuare.

La prima è che le donne, in genere, non avevano canali per far conoscere e diffondere le loro opere: e forse il più delle volte non pensavano neppure di farvi ricorso. La seconda è che, comunque, coloro che valutavano se inserire o meno un'opera tra quelle da tramandare ai posteri non erano nemmeno sfiorati dall'idea di prendere in considerazione la produzione femminile: il rapporto tra la donna e la parola, parlata o scritta che fosse, era quello che era, a Roma.

Ma veniamo al valore letterario dei poemi di Sulpicia: complessivamente, quaranta versi che sino a qualche decennio fa venivano di solito liquidati come opera di una dilettante, sia pur sensibile ed emotiva. Diversamente, però, la pensava un grande poeta, Ezra Pound: per tradurre Catullo, Ovidio o Sulpicia, scrisse, varrebbe la pena lavorare una decina d'anni.

# 9.
## *Messalina e Silio*

Non c'è bisogno di conoscere la storia romana per sapere cos'è una "messalina". È una donna dai costumi riprovevoli, dai molti amanti, dai presunti insaziabili appetiti sessuali. Così è entrata nell'immaginario popolare Valeria Messalina, moglie dell'imperatore Claudio, nata nel 25 e morta nel 48 d.C., a soli ventitré anni.

Ma perché? Su quali basi? Messalina era veramente così, o le voci che la volevano "una messalina" erano calunniose? E in questo caso, da chi provenivano, chi le alimentava?

Leggendo le fonti, nasce il forte sospetto che Messalina fosse diversa dall'immagine che le è stata modellata addosso quando ancora era in vita, e della quale non si è mai più liberata.

Cosa sappiamo di lei, con certezza? Sappiamo che era figlia di Valerio Messalla Barbato e Domizia Lepida, nipote di Ottavia, sorella di Augusto: apparteneva, dunque, alla miglior nobiltà romana. E sappiamo che a quattordici-quindici anni venne data in moglie a Claudio, che allora non era imperatore. Era lo zio, già ultracinquantenne, dell'imperatore Caligola.

Dal punto di vista giuridico, per Messalina il matrimonio, anche se precoce, era perfettamente in regola: l'età matrimoniale per le donne, allora, era dodici anni (anche se abitualmente i padri attendevano qualche anno, prima di celebrare le nozze delle figlie). Ma questo, ovviamente, non garantiva che il matrimonio fosse opportuno. Messalina, oltre che giovanissima, era bella. Claudio invece, non era soltanto molto più anziano, era anche zoppo e balbuziente. Per di più, timido e insicuro. Conseguenza: in famiglia veniva continuamente sbeffeggiato. Ma i suoi difetti lo salvavano dalle gelosie e lo tenevano al riparo dalle trame di coloro che aspiravano a succedere al trono. Nessuno lo considerava un rivale minimamente temibile, il suo aspetto fisico e il suo carattere lo rendevano inidoneo a un ruolo imperiale.

E invece, alla morte del nipote, nel 41 d.C., toccò a lui prenderne il posto: i pretoriani che assassinarono Caligola lo acclamarono imperatore, e il senato ratificò la nomina.

Sin qui i fatti. A partire dai quali cominciano i dubbi e gli interrogativi. Tra i quali, in primo luogo: che effetto può fare a una sedicenne – qual era all'epoca Messalina – trovarsi inaspettatamente imperatrice?

Immaginarlo non è molto difficile. Certamente, Messalina ne fu felice. La sua nuova vita era esaltante, il potere doveva sembrarle un gioco. Che il marito fosse vecchio e non esattamente aitante passò in secondo piano, forse, quanto meno per qualche tempo.

Ben presto però la giovane imperatrice dovette rendersi conto delle difficoltà della vita di corte. Il potere era un gioco, sì, ma per niente divertente. Richiedeva scaltrezza, una dose non trascurabile di cinismo, controllo di sé, capacità di destreggiarsi e difendersi dagli intrighi: tutte caratteristiche che altri possedevano in misura assai maggiore di lei, che ben presto si rese conto di essere oggetto di invidie e risentimenti, anche e forse soprattutto da parte delle altre donne della famiglia imperiale. Tra queste, in particolare, Giulia Livilla e Agrippina Minore, figlie della figlia di Augusto, quella Giulia che il padre aveva condannato all'esilio per il suo comportamento licenzioso. In quanto discendenti di Augusto, le due donne osteggiavano Claudio. Questi, infatti, discendeva da Tiberio, uno dei due figli che Livia, la moglie di Augusto, aveva avuto non da questi, ma dal primo marito.

Messalina detestava le due donne: si diceva perché gelosa della loro bellezza. Circolava addirittura la voce che avesse partecipato alle trame che determinarono il processo per adulterio intentato contro Giulia Livilla, che come la sua omonima ascendente fu condannata all'esilio.

Ma a Roma restava Agrippina, assai più scaltra e abile di Messalina nel complicato gioco della conquista del potere. Più che facile, alla luce di tutto questo, immaginare che ella abbia giocato un ruolo significativo nel mettere in circolazione e alimentare le voci che presero a circolare, a corte e in città, sugli amori dell'imperatrice. Probabilmente, non senza qualche fondamento.

Messalina era giovane, bella e vivace. I costumi dell'epoca – nonostante le leggi punitive, del tutto ignorate – erano rilassati, sotto il profilo sessuale. Che Messalina si concedesse qualche avventura non è da escludere. Ma da qui a credere alle voci che circolavano ne corre, e molto. Difficile credere che ogni sera, quando il marito si addormentava, Messalina si trasferisse in un bordello, dove si prostituiva sotto il nome di Licisca. Eppure, questo è quanto racconta Giovenale:

*...Quando il marito addormentato*
*sentia, la moglie, imperial baldracca,*
*cingersi osava di notturni veli*
*e ad una stuoia il palatino letto*
*posporre e uscir con una fante sola*
*celando sotto una parrucca bionda*
*le scure chiome; e in un bordello entrava*
*tenuto caldo da una vecchia tenda,*
*in una cella tutta sua. Là dentro*
*e di Licisca sotto il falso nome*
*ella prostituivasi, e mostrava,*
*o nobile Britannico, quel ventre*
*onde nascesti; ed accoglieva vezzosa*
*i visitanti, a lor chiedeva il prezzo,*

*ed i colpi di molti ivi, supina*
*giacendo, si succiava.*

Era l'ultima a lasciare il lupanare, Messalina. Così dice Giovenale. E poi:

*tutta infiammata*
*dal prurito del teso utero e stanca*
*di maschi, e pur non sazia ancora*
*e pesto il viso e sudicia dal fumo*
*della lucerna, nell'augusto letto*
*riportava il fetor del lupanare.*

Lo abbiamo detto: difficile credere a questa storia. Più che di una storia ha tutta l'aria di una leggenda metropolitana, come del resto quella riportata da Plinio il Vecchio, secondo il quale un giorno Messalina avrebbe vinto una gara con una nota prostituta. Oggetto del contendere, chi sarebbe riuscita ad avere più rapporti sessuali consecutivi. La vincitrice sarebbe stata Messalina, con ben venticinque rapporti.

Non molto diversa quanto a credibilità la notizia, raccolta da Dione Cassio, che Messalina si prostituisse nel palazzo imperiale. Ma è la sua morte a gettare i maggiori sospetti sulla veridicità delle voci che facevano di lei una folle, inguaribile ninfomane.

Un giorno, infatti, Messalina si innamorò. Per lei, una novità, una passione sconosciuta. Né il marito né gli uomini con i quali aveva avuto avventure più o meno passeggere le avevano fatto provare le emozioni che imparò a conoscere quando si innamorò di un uomo nobile e celebre per il suo fascino. Si chiamava Gaio Silio, era il più bello di Roma.

Presa da un "quasi pazzo amore" per lui, come dice Tacito, Messalina cominciò a non tollerare le restrizioni di una storia segreta. Voleva stare con Silio alla luce del sole. Questi la assecondò e divorziò dalla moglie, cosicché i due amanti cominciarono a frequentarsi apertamente. Messalina "andava a casa di lui con un numeroso seguito, gli stava accanto quando usciva, lo colmava di ricchezze e di onori; infine si vedevano in casa di Silio i servi, i liberti, tutto l'apparato della corte, come se il potere imperiale fosse già passato altrove". Così Tacito.

Che Messalina fosse follemente innamorata di Silio è evidente. Ma lui? L'amava allo stesso modo, o era mosso, quanto meno in parte, dal desiderio di prendere il posto dell'imperatore? Leggendo Tacito, viene da chiederselo: Silio – dice lo storico – incitava Messalina a gettare la maschera. A quel punto, non aveva senso aspettare che Claudio morisse di vecchiaia. Meglio ucciderlo. Loro si sarebbero sposati e il problema sarebbe stato risolto. Messalina, invece – sempre secondo Tacito – era incerta sul da farsi: non perché amasse il marito, ma perché temeva che Silio, una volta arrivato al potere, la abbandonasse.

Come che sia, quali che fossero i sentimenti e le intenzioni di Silio, certo è che un giorno, approfittando del fatto che Claudio si era recato a Ostia a celebrare un sacrificio, i due amanti decisero di festeggiare pubblicamente la loro unione, come un vero matrimonio. E lo festeggiarono con il massimo sfarzo, davanti a molti invitati, ritirandosi poi per passare la notte insieme, come se fossero marito e moglie.

Finalmente felici, tutti e due? Messalina, di certo. Silio, non si sa. La versione di Giovenale della storia, infatti, è molto diversa da quella di Tacito. Per lui, Silio era vittima inerme della terribile, dispotica imperatrice.

In una satira dedicata ai "falsi beni", dopo aver indicato fra questi la bellezza, Giovenale include Silio tra coloro ai quali questo dono aveva causato enormi sciagure. Nella sua visione della vicenda, Silio è quello "che la moglie di Cesare si è scelto come suo sposo", e che, per essersi innamorato di lei, si era condannato a morte. A volere il matrimonio, infatti, era stata Messalina. Silio non aveva avuto possibilità di opporsi: se avesse rifiutato, Messalina lo avrebbe eliminato "innanzi sera". Un ritratto veramente poco credibile: tanto di Messalina, quanto di Silio.

Ma proseguiamo nel racconto dei fatti. Lo scandalo fu enorme e i nemici di Messalina lo usarono come meglio potevano, facendo in modo che Claudio venisse informato del matrimonio e adoperandosi perché non vedesse la moglie: debole com'era, soprattutto di fronte al fascino di Messalina, temevano che se l'avesse incontrata non le avrebbe negato il perdono, e si adoperarono con successo perché questo non avvenisse.

Risultato: Claudio, la cui ira veniva in ogni modo alimentata da chi lo circondava, trascinò in tribunale Silio, che non tentò neppure di difendersi. Tutto quel che chiese fu che si affrettasse la sua fine. Messalina, resasi conto che la situazione era disperata, mandava suppliche al marito chiedendo di parlargli. Claudio, debole come sempre, stava per cedere, ma il liberto Narciso, uno dei più accaniti nemici di Messalina, decise di impedire l'incontro. Dicendo che si trattava di un ordine dell'imperatore, ordinò ai soldati di ucciderla.

Messalina, come li vide, capì che era la fine. Accanto a lei stava la madre, che la esortava a evitare la vergogna dell'esecuzione, romanamente uccidendosi. Messalina "prese il pugnale, che si portò alla gola e al petto: ma, per il gran tremito, inutilmente. Fu un colpo del tribuno a trafiggerla, e il corpo venne lasciato alla madre. A Claudio, mentre ancora banchettava, si annunciò che Messalina era morta, senza dire se per mano propria o d'altri. Né egli se ne informò: chiese una coppa e continuò il convito come al solito" (sempre Tacito).

Così, a soli ventitré anni, morì Messalina. Per amore, come un'eroina romantica.

## 10.

## *Perpetua e il suo dio*

Cartagine, marzo del 203 d.C.: una giovane donna viene messa a morte nell'anfiteatro di Cartagine. Quel giorno si festeggia il compleanno di Geta, il figlio maggiore dell'imperatore, e l'esecuzione è uno dei momenti culminanti dello spettacolo.

La giovane donna si chiama Vibia Perpetua. Con lei, altre cinque persone sono state condannate *ad bestias* (vale a dire a essere uccisi straziati dagli animali feroci), una schiava di nome Felicita e quattro uomini: Revocato, Saturnino, Secondo e Saturo. Come Perpetua, avevano rifiutato di fare sacrifici all'imperatore. Erano cristiani, il loro dio era Cristo.

Di loro, solo Perpetua è passata alla storia. Nel carcere, in attesa dell'esecuzione, scrive un diario che, oltre a fare di lei il modello della martire in ambiente cristiano, è per tutti un documento prezioso, per non dire unico. In primo luogo, infatti, i testi latini di mano femminile sono pochissimi, e nella quasi totalità dei casi non consentono di conoscere pensieri, sentimenti, carattere e scelte di vita di chi li ha scritti. Unica eccezione, le poesie di Sulpicia: una donna molto diversa da Perpetua, vissuta circa due secoli prima, in un altro mondo e in un altro ambiente. Ma che, come Perpetua, parla di un amore. Nel caso di Sulpicia, per un uomo; nel caso di Perpetua, per il suo dio. Ed è, quello di Perpetua, un amore fortissimo, che la obbliga a scelte molto dolorose, compiute con ferrea, implacabile fermezza. Gli affetti familiari, di fronte a quello per Cristo, non esistono più: invano il padre la prega di piegarsi al potere, per aver salva la vita. Perpetua soffre per lui, capisce il suo dolore, ma non lo ascolta.

Neppure l'amore materno la distoglie dalla sua determinazione. Al momento dell'arresto, Perpetua ha da poco partorito un bambino, che teneramente allatta, anche in cella. Che sarà di lui dopo la sua morte? Verrà consegnato al padre? Nel diario, la donna non fa il minimo cenno al marito. Forse era morto, forse l'aveva abbandonata... Solo ipotesi: quel che è certo, è che in lei l'amore per Cristo è più forte di quello per il figlio. Mai, per nessuna ragione, rinnegherà l'oggetto del suo amore. E va verso la morte atroce con fermezza, serenità, una dignità che colpisce persino i suoi aguzzini.

L'esecuzione nell'anfiteatro era uno spettacolo. Allora – e tante altre volte, in altri tempi – era consuetudine spettacolarizzare la morte. Rispettare la dignità dei condannati non era – e spesso non è, ancora oggi – preoccupazione di nessuno. E il circo era il luogo preferito, e perfetto, per trasformare la morte in spettacolo.

Tra i divertimenti preferiti di Nerone, racconta Svetonio, c'era ad esempio quello di avvolgersi nella pelle di una fiera, farsi rinchiudere e poi spingere fuori da una gabbia e avventarsi all'inguine dei condannati, precedentemente inchiodati a una croce.

A volte, per dare maggior soddisfazione al pubblico, le esecuzioni venivano trasformate nella rappresentazione di scene mitologiche, con il condannato a morte costretto a impersonare l'eroe o il dio destinato a morire. Così, gli spettatori assistevano, ad esempio, al supplizio di Prometeo, che nel mito viene condannato a essere inchiodato a una rupe e tormentato da un'aquila che gli rode il fegato: sotto Domiziano – racconta Marziale – Prometeo venne impersonato dal celebre bandito Laureolo, affisso a una croce e, in mancanza di aquile, sbranato da un orso di Caledonia.

La fantasia di chi organizzava i supplizi era inesauribile: negli *Atti dei Martiri*, ad esempio, troviamo la castrazione di Attis e il rogo di Ercole.

Di fronte a queste atrocità, il tentativo di spettacolarizzare la morte di Perpetua e Felicita appare, a prima vista, meno crudele: le due giovani ricevono "soltanto" l'ordine, prima di essere gettate nell'arena, di cambiarsi le vesti con quelle di sacerdotesse di Cerere, una delle divinità pagane il cui culto era particolarmente vivo nel Nordafrica. Quanto ai loro compagni, sarebbero stati vestiti come sacerdoti di Saturno. A prima vista, un semplice travestimento: poca cosa, rispetto ad altre fantasiose invenzioni. Se non che il travestimento era accuratamente studiato per trasformare simbolicamente la morte dei sei in uno di quei sacrifici umani che in Africa erano parte, tradizionalmente, dei riti in onore di Saturno. La testimonianza di fede di Perpetua e dei suoi compagni veniva trasformata in uno spettacolo blasfemo.

Il progetto tuttavia non venne realizzato: la composta fermezza di Perpetua indusse il tribuno militare incaricato di presiedere all'esecuzione a rinunciarvi. Il che non impedì che, quando la giovane venne introdotta nell'arena, le venissero tolti gli abiti, sostituiti da una rete. In questo caso, un trattamento legato alla sua appartenenza sessuale: l'esposizione del corpo agli sguardi della folla era una pena accessoria, riservata alle donne, non solo nell'arena e non solo se cristiane. La "passeggiata ignominiosa" per la città in abito trasparente era parte della pena per le adultere in uso in molte zone del Mediterraneo ed era un modo di degradare una donna, additandone pubblicamente l'indegnità.

Ma quel giorno di marzo, nell'anfiteatro di Cartagine, la visione del corpo indifeso di Perpetua, con il latte che ancora stillava dal petto, turbò e inorridì gli spettatori al punto da indurre i carnefici a rivestirla. E Perpetua morì, fedele al suo grande amore. L'amore più grande.

## *Nota dell'autrice*

Le traduzioni sono di Guido Ceronetti (Catullo e Marziale), Luca Canali (Lucrezio e Ovidio, *Amori*), Mario Ramous (Orazio), Emilio Pianezzola (Ovidio, *L'arte di amare*), Guido Vitali (Giovenale), Rosa Calzecchi Onesti (Virgilio).

Le altre traduzioni sono dell'autrice.

*Indice*